报应

Nemesis

Philip Roth

[美] 菲利普 · 罗斯——著　　胡怡君——译

上海译文出版社

献给赫·李[1]

① Hermione Lee(1948—),英国传记作家,文学评论家和学者,是罗斯的朋友和长期读者。

致　谢

我的信息来源包括小乔治·D.邓恩与凯文·麦吉尔合著的《投掷项目指南》、米尔恰·埃利亚德编辑的《宗教百科全书》、安·罗斯·费尔班克斯的《跳板跳水教学》、亨利·威廉·吉普森的《营地管理》和《夏令营娱乐项目》、纳奥米·罗杰斯的《肮脏与疾病》、埃德蒙·J.萨斯的《小儿麻痹症后遗症》、妮娜·吉尔登·西韦，简·S.史密斯与保罗·瓦格纳合作拍摄的纪录片《六神无主：美国小儿麻痹症的故事》、朱莉·希尔弗与丹尼尔·威尔森合著的《小儿麻痹症之音》，以及阿比盖尔·凡·史莱克的《人造荒野》。欧内斯特·汤普森·西顿的《丛林知识大全》对我尤其有帮助，我充分利用了其中二百〇九至二百一十四页的内容。西顿的另一部著作《丛林印第安人协会手册》也令我受益匪浅，我引用了书中一百四十六至一百四十七页的内容。

目 录

一　纽瓦克热浪 / 1

二　印第安山 / 101

三　重逢 / 173

一　纽瓦克热浪

那年夏天的第一起小儿麻痹症，在六月初阵亡将士纪念日刚过就光临了，就在与我们家相隔整个城区那个贫困的意大利人社区，而住在城镇西南角犹太威夸依克区的我们却对此一无所知。接下来纽瓦克几乎每个社区都发现了病例，大小共十二起，只有威夸依克没有遭殃。直到七月四日，小城一共公布了四十起病例时，社区晚报才爆出一则头条新闻《卫生局长要求家长警惕小儿麻痹症》。卫生局局长威廉姆·吉泰尔医生告诫父母们要密切关注孩子健康，一旦孩子出现诸如头痛、咽喉痛、恶心、颈部僵硬、关节痛或发热等病状，应求医问诊。吉泰尔医生认为，虽然今年相比往年小儿麻痹症病例多了一倍，但考虑到纽瓦克有四十二万九千人口，完全算不上传染病暴发。他说，每到夏季人们都会担忧小儿麻痹症的发生，也会采取恰当的卫生措施来预防，但犯不着像一九一六年美国东北部小儿麻痹症横行时一样人心惶惶。新闻报道提及的二十八年前的那场传染病，是历史上小儿麻痹症暴发情况最严重的一次，父母们“有足够的理由”担惊受怕，当时全国发病人数超过二万七千人，六千人死亡，其中纽瓦克发病一千三百六十起，死亡三百六十三人。

今年虽然发病数只到平均值，而且感染小儿麻痹症的风险比起一九一六年要低得多，但因为麻痹症会致使小孩永久性残疾、畸形，或是必须依靠一个筒状的金属呼吸罐（人们称之为铁肺）进行呼吸——或者因为呼吸肌瘫痪而死亡——社区的家长们忧心忡忡，而那些放假过暑期，能成天在外头玩耍直到黄昏漫漫的孩子，他们内心的平静也被打破了。除了担心染上重病带来可怕的后果之外，由于无药可治，也没有疫苗可用，人们的忧虑又增加了几分。脊髓灰质炎——或者叫它小儿麻痹症，因为人们认为患者大部分是蹒跚学步的小孩——这种病谁都会得，莫名其妙地就得了。患者通常是十六岁以下的孩子，但成人也可能被严重感染，比如美国的现任总统。

小儿麻痹症患者中最有名的当属富兰克林·罗斯福，三十九岁正当壮年时他染病上身，结果不得不拄拐行走，后来甚至只能从脚部到臀部安装笨拙的皮钢板支架才能站立。罗斯福执政期间设立了一个名叫“十美分活动”的慈善机构，募捐善款用于小儿麻痹症研究及对患者家庭的经济援助。虽然病症可以减缓甚至痊愈，但通常需要经过长年累月昂贵的医护康复治疗。在一年一度的募捐动员大会上，美国的年轻人都会投身抗击疾病的斗争，在校学生都会捐出几毛零钱，影院里带位员四处传递的募捐箱也有钱丢进，在全国各地小店及办公场所的外墙上，或是校园的长廊里，也都张贴了诸如“你可以帮上忙!”“加入反抗小儿麻痹症的斗争吧!”之类的标语海报。还可以见到图片海报，上面是轮椅上的孩子，小女孩秀丽可爱，害羞地吮着拇指，双腿却套着支架，小男孩收拾得很整齐，也套着支架，却一副不服输的样子，满怀期望地微笑着。对其他健康的孩子来说，这些海报似乎传递着这样一个可怕的事实：他们也可能成为小儿麻痹症患者。

纽瓦克地势很低，夏天总是雾气蒙蒙的，因为城市一边接壤大片大片的湿地，招来成群的蚊子，一度导致疟疾肆虐，而那时疟疾也是不治之症。热浪来袭时，除了冷水浴或几杯冰水，室内再无其他消暑的办法，人们只好搬个沙滩椅去大街小巷露天纳凉，这时候就不得不拍打驱赶蚊虫。后来家中有了空调就另当别论。当时可只有一台黑色的小风扇，在桌子上搅起一丝丝微风，根本无法缓解接近华氏一百度的高温，而那年夏天一连一个礼拜甚至十天都是这样的温度。室外纳凉的人们点燃香茅蜡烛，喷洒飞立脱①，用来驱赶

① Flit，一种杀虫剂牌子。

蚊子苍蝇。人们认为这些飞虫携带疟疾、黄热以及伤寒热病毒，纽瓦克市市长德朗蒙德还带头认定它们带有小儿麻痹症病毒，这种观点也得到一些人的支持。因此市长发起了一场“拍苍蝇”运动，一旦蚊子苍蝇从门窗进入室内，就将遭受葬身苍蝇拍或杀虫剂的厄运，因为人们害怕飞虫停歇在家中熟睡的幼童身上，满是病毒的腿足使孩子染上小儿麻痹症。当时人们对于病症感染源还一无所知，可能对一切都心存怀疑，包括巷子里骨瘦如柴的流氓猫，它们总是钻进后院的垃圾桶里觅食，还有皮包骨的流浪狗，一副饥肠辘辘的样子，在屋子四周溜来溜去，还在人行道、街道上到处撒尿。人们甚至怀疑山墙上咕咕叫的鸽子，它们白乎乎的粪便弄脏了前门廊。疾病暴发的头一个月，还未确认小儿麻痹症是传染病之时，卫生局已着手系统地清除城里大批流浪猫，而与家猫相比野猫是否与疾病更有关联，人们甚至都还不明了。

人们只知道这是一种高度传染性疾病，一旦与病人肢体接触，就有染病的可能。随着城里病例数目节节攀升，人们的恐惧感也日渐强烈。正因为此，我们社区的父母大多禁止孩子去相邻的欧文顿镇的奥林匹亚园公共泳池游泳，也不许他们去当地的“冷气”影院看电影。甚至乘公车去镇中心或越过“下脖子”区[1]去威尔逊

---

① Down Neck，即纽瓦克东部大型工人阶级社区包铁区（Ironbound）。因为流经北新泽西的帕塞伊克河（Passaic River）在此转向，才有了“下脖子”这一昵称。

街的鲁珀特体育场观看当地“纽瓦克熊”乙级棒球联队比赛，父母都不允许。我们受到警告，不得使用公共厕所和公共饮水池，连喝口别人的苏打汽水都不行，还不能着凉，不能和陌生人玩耍，不能从公共图书馆借书，不能使用公共电话，不能买街边流动摊贩的食品，吃饭前还必须拿肥皂把手洗得干干净净。吃的蔬菜水果都要先洗干净。看到病人或疑似小儿麻痹症患者，最好躲得远远的。

为逃离城市炎炎夏日，去山区或郊区参加夏令营是人们所能想到的防止孩子染病的最好办法，或者去六十里外的泽西海岸避暑也不赖。经济宽裕的家庭要么就在布拉德利比奇出租屋里租上一间卧室，连带能使用厨房，外加一小片沙滩、木板铺成的人行道，还有延伸一里的海边茅屋，这些在新泽西北部的犹太人中风靡了好几十年。母亲带着孩子去海滩呼吸新鲜空气，海洋的气息一整周都在强化他们的身体，到了周末或假日，父亲也会加入。当然，不管是夏令营还是海边小城，都有新增的小儿麻痹症病例，但因为数量远不如纽瓦克市内的多，人们普遍认为相比城市周遭脏兮兮的街道和滞浊的空气，待在海边看看海景听听海浪，或在乡村远离城市，或在高山之上，是再好不过的避免疾病的保证了。

于是有钱的幸运儿撤离城市去别处避暑，而我们其他人却不得不留在原地，置当局的“危言耸听”于不顾，仍旧过我们正常的日子：在学校烫人的柏油操场上打垒球，一局接一局、一场连一场，在高温酷暑中四处跑动，口渴了就去公共饮水池一顿痛饮，打完一局就挤在场边的长凳上，膝间夹着破旧不堪、油污满布的垒球手套，那是打球时为防止额头的汗滴跑进眼睛擦汗用的，身上还裹着浸湿汗水的Polo衫，臭气熏天的运动鞋还没来得及脱下。完全不管不顾这种种不谨慎的举动，尽管它们可能会给我们其中任何一人带来厄运，让我们一辈子囚禁在铁肺中，或是带来最可怕的死亡。

操场上只有十来个小姑娘，约莫八九岁的模样。她们常在中心操场边的一条校园窄路上跳绳，小路再过去就是交通要道了。有时她们也在小道上玩跳房子，或跑垒、抓石子游戏，也会一整天把一个粉色的橡皮球在脚边踢来踢去，一副雀跃的样子。跳绳时她们想着玩点花样，从相反方向甩动两根绳子。那时候就会有男孩突然冲上来，把准备跳绳的女孩推到一旁，自己跳进绳子里，一边嘲讽着大声吼女孩最喜欢的跳绳歌，一边故意把自己搅和在飞舞的绳子中：“H，我叫Hippopotamus（河马）——！”女孩们便冲他大喊：“闭嘴！快闭嘴！”并向操场管理员求助。管理员却也只好在操场原地朝那个捣蛋鬼（多数时候是同一个男孩）训斥：“麦隆，快给我住手！离姑娘们远点，否则你就给我滚蛋!”之后骚乱渐渐平息，不久绳子再次在空气中轻快地翻转起来，女孩们一个个轮流重新跳起绳、唱起歌：

A，我叫 Agnes（阿格尼斯）
我丈夫叫 Alphonse（阿万斯）
我们来自 Alabama（阿拉巴马）
我们带回 apples（苹果）

B，我叫 Bev（贝芙）
我丈夫叫 Bill（比尔）
我们来自 Bermuda（百慕大）
我们带来 beets!（甜菜）
C，我叫……

稚嫩的嗓音从操场边的小道上远远传来，从 A 念到 Z，接着倒过来念一遍，每个字母一轮歌词，每行末尾的名词都押头韵，有时她们会在歌词里故意颠倒是非。她们通常四处乱蹦，横冲直撞，活力十足，除非遇上麦隆·考普费曼一类的捣蛋鬼来干扰。从六月春季学期结束的那个周五开始，一直到劳动节过后的周二，也就是秋季学期开始，除了太热时被管理员喊去阴凉处避避日头，她们天天在那条小道上玩耍。开学后，她们就没法这么整天跳绳了，除非是放学，或者放假。

那年的操场管理员是巴基·坎特，他戴一副厚厚的眼镜。周边的年轻人几乎都参军了，他却因为视力问题不能入伍。上学年他来总理大道小学做体育老师，一年来认识了不少操场上的常客，因为他们也是他体育班上的学生。那年夏天坎特刚满二十三岁，毕业于纽瓦克南方高中，一所种族、宗教混杂的学校，后来在东奥兰治他又上了潘瑟体育教育与卫生学院。小伙子差不多五英尺五的个头，尽管看起来还挺健壮，本身也是很优秀的运动员，但因为身高和视力的关系，像足球、垒球、篮球之类大学里风靡的运动，他都无缘参加。有了这样的局限，他就只能扔扔标枪或者举举重了。他身体紧实，脑袋不大不小，五官轮廓尤其鲜明：颧骨又宽又高，前额突出，下巴微翘，鼻子又长又直，再加上高高的鼻梁，从侧面看，就像刻在硬币上的人物。肌肉结实，嘴唇也很饱满，皮肤常年呈黄褐色。从半大小子开始，他的发型就是军队里的半寸头，这就让人尤其注意他的两只耳朵。倒不是因为它们很大（其实并不大）或者紧贴着脑袋，而是因为，从侧面看，这两只耳朵不同于一般人的耳朵形状，就像扑克牌里的黑桃尖，也像神话故事里飞足上的翅膀，因为耳朵最上面的部位不是圆的，而是尖尖的。因此，在外祖父称他为“巴基”之前，同街坊的小伙伴送给他“尖子”的称号，除了形容他过人的体育竞技能力，还因为他的耳朵长得很像扑克尖子。

因为这张轮廓分明的脸，眼镜背后那双烟灰色的眼睛显得深凹进去，它们又细又长，像是亚洲人的眼睛。尽管他声音有点尖，出人意料，但是这并不妨碍他威武雄壮的形象。一眼看过去，他就是那种铜打铁铸、不惧艰险、异常勇敢、坚强可依赖的年轻人。

七月初的一个下午，两辆小车驶进学校后方的宿舍街，在街头的操场处停下来。小车上坐满了意大利人，都是东区高中的男学生，十五到十八岁光景。东区高中在包铁区，那一块是工人贫民窟，迄今为止报道了纽瓦克最多的小儿麻痹症病例。坎特先生一见他们停下，就放下手里的活儿，把垒球手套往球场上一扔——当时他正凑份子同我们玩跑垒游戏，都已经跑到三垒了——一路小跑到已经从车里下来的十个陌生人那里。他跑起来就像个专业的运动员，内八字的姿势早被操场上的孩子们学会，跑动时靠大脚趾球发力，一边跑一边故意轻轻抬起身子，还有走路时有力的双肩微微晃动，这些都是孩子们争相模仿的对象。一些男孩甚至到哪儿都记着他整个的行为举止，无论是在操场上，还是在操场之外。

“伙计们，你们来这儿干吗?”坎特先生问道。

“来传播小儿麻痹症病毒。”他们中的一个答道，是领头从车中大摇大摆走下来的那个。“不行吗?”他说着，转身向支持他的同伙炫耀，在坎特先生看来，那伙人一触即发，似乎等不及要寻衅滋事。

“看起来你倒更像是要惹点麻烦。”坎特先生当面说道，“我劝你们还是回家待着吧。”

“不了，不了，”意大利佬坚持道，“等我们传播点病毒再说。我们有病，你们却没有，所以我们觉得要开车过来带点给你们。”他一边说，一边前前后后晃个不停，表示自己不怎么好对付。两根拇指插在前头两个裤袢中，一副明目张胆、悠闲自在的样子，不无轻视之意，直勾勾的眼神里也充满轻蔑。

“我是这儿的操场管理员，”坎特先生表明身份，向后指着我们这群孩子，“我现在命令你们离开操场附近。这儿不是你们的地盘。我可是很礼貌地请你们离开。你们说呢?”

“可没有什么法律规定不可以传播小儿麻痹症病毒，是不，操场管理员先生?”

“我说，小儿麻痹症可不是闹着玩儿的。而且还真有法律规定不能妨害公共利益。我不想喊警察。比起我叫警察来请你们走，你们自行离开如何?”

听完这些，这伙人的头头往前走了一步，朝人行道上吐了口痰。他比坎特先生高出半英尺，那口黏痰离坎特先生的球鞋尖仅数寸之遥。

“你什么意思？”坎特先生问道。他的声音听起来仍旧冷静，双臂紧紧抱在胸前，纹丝不动。包铁区还没有暴徒能在他这儿占上风或接近他的孩子们一步。

“我告诉你了什么意思。我们正在传播小儿麻痹症。我们要同你们这些人分享。”

“听好了，别给我扯什么‘你们这些人’之类的废话。”坎特先生说着，很快向前迈了一步，不无怒气，离意大利人的脸只有几寸。“我给你们十秒钟，赶紧给我走开，一起滚蛋。”

意大利人脸上浮现出微笑。自从下了车他确实就一直这么笑着。“不然呢？”他问道。

“不然，不然我去喊警察来赶你们走，禁止你们过来。”

意大利佬又吐了口痰，这次直接吐到了坎特先生的球鞋侧面。坎特先生朝一个男孩喊了一声：“杰瑞，去我办公室给警察局打电话。就说是我让你打的，告诉他们我需要帮助。”杰瑞正等着下一轮击球，当时他和我们其他人一样，静静地在一旁看着坎特先生如何喝止那十个意大利人。

“他们会干吗？把我锁起来？”领头的意大利佬说，“就因为在你们宝贵的威夸依克人行道上吐了口痰，警察就要抓我去坐大牢？这人行道是你家的吗，你个四眼？”

坎特先生一言不发，站在孩子们一旁，他们前一刻还在他身后的柏油操场上打球。另一旁是两车子的意大利佬，他们也在操场边的小道上纹丝不动，每个人似乎都准备把嘴上的香烟一甩，接着掏出枪来。但是等杰瑞按照指示从坎特先生的地下办公室打完电话回来，两辆小车和上面十个来势汹汹的乘客已经走了。才十分钟的工夫，警车到了，停在路边，坎特先生把两辆车的车牌号告诉了警察，看来刚才僵持期间他已经把号码记下了。警察走后，围栏后的孩子们才开始嘲讽起那些意大利人。

结果意大利佬们适才聚集的地方，很大一片人行道满是唾液，约莫二十平方英尺的一块，湿漉漉、滑腻腻的，令人作呕，看起来的确是疾病滋生的温床。坎特先生叫两个男孩去地下室取两个水桶来，从门卫那儿要了热氨水倒上，接着拿水把人行道每寸地方都冲得干干净净。孩子们冲走黏液的动作让坎特先生想起十岁那年，他在外祖父的杂货铺屋后打死一只老鼠的事，事后他一样把地面冲洗干净。

“别担心，”坎特先生告诉男孩们，“他们不会回来的。这就是生活，”他重复了外祖父最喜欢的一句话，“总有滑稽的事儿发生。”接着他又加入到跑垒游戏中，大家继续玩耍。操场四周被两层楼高的铁丝网围着，在铁丝网另一边观察事态发展的男孩们被坎特先生对付意大利人的架势震撼了。他自信果断，强壮得像举重运动员一般，每天都和我们这些人乐此不疲地打球，从他担任管理员那天开始，他就是操场常客们最愿意见到的人。但是这次事件之后，他就变成了彻头彻尾的英雄，一个偶像、保护者，对那些自家兄长参了军去的孩子来说尤其如此。

之后几天，亲历了意大利人事件的两个男孩再也没来操场打球。头天早上，二人醒来时发着高烧，脖子僵硬，到了第二天傍晚，就四肢无力，呼吸困难，只好叫救护车急送入院了。他们中的一个名叫赫比·斯泰因马克，读八年级，胖乎乎的，行动笨拙，脾气倒不错。因为体力不行，常被安排打右外场，最后一个击球。另一个叫艾伦·迈克尔斯，也是八年级学生，却是球场上数一数二的好手，长大了兴许会是另一个坎特先生。赫比和艾伦成了社区里最早的一批小儿麻痹症病例。四十八小时过后又新增了十一起，虽然新增患者中没有那天操场上的孩子，但坊间谣言四起，都说是意大利人把病毒传到了威夸依克区。因为迄今为止全市意大利人所在的社区发病人数最多，而我们区却未有一起。人们坚信，正如那些意大利人所宣称的，他们开着车穿过整个城区，就是为了把病传染给犹太人，当然他们得逞了。

巴基·坎特的母亲难产而死，他由外祖父母养大，同其他十一户家庭一道住在经济公寓①，位于通向埃文大道以南的巴克利街，是市里相对贫困的地区之一。他父亲当年是市中心一家大百货商店的簿记员，沉迷于赌马。坎特的近视便遗传自父亲。在妻子因难产而死后不久，他便因挪用公款还赌债而被判盗窃罪，事实上，从入职那天起他就开始了中饱私囊的勾当。他在监狱待了两年，获释后再也没回过纽瓦克。男孩当时还随父姓，叫尤金。没有了父亲，就随着外祖父学习怎么生活。外祖父身材高大，像头熊，在埃文大道开了间杂货铺，干活十分卖力。放学后或礼拜六，坎特都会去店里帮忙。他五岁那年，父亲再婚，请了律师试图要回孩子，同他和新讨的太太一起生活，当时他在珀斯安博伊②的造船厂找了一份工作。外祖父也没请什么律师，直接开车去了趟珀斯安博伊，和曾经的女婿正面交锋，威胁说，如果他胆敢以任何方式干涉尤金的生活，他会拧断他的脖子。那之后，关于尤金父亲的消息便再也没有了。

正是靠在杂货铺里随外祖父一同抬货箱，他才练就了结实的胸脯和臂膀，而一天无数趟上下往来于店铺与住所的三段楼梯则锻炼了他的腿部力量。他从外祖父不屈不挠的个性中学会了如何

---

① Tenement housing，指大城市贫民区里供多户分租的公寓。
② Perth Amboy，美国新泽西州东北部海港。

战胜困难，即使是生为父亲的儿子这样的耻辱，他也能克服，因为在外祖父有生之年，他口中的父亲一直是“一个非常不厚道的家伙”。小时候他就希望自己身体健壮，像外祖父一样，也不想被迫戴上厚厚的镜片。但是他的视力太弱，晚上摘了眼镜准备上床睡觉时，几乎连房间里家具的轮廓都辨认不出。等到他八岁时第一次戴上眼镜，对自己的缺点从不多想的外祖父嘱咐闷闷不乐的孩子说，现如今他的视力和其他人一样好。那之后，关于视力的话题便不再提起。

他的外祖母个头矮小，是个热心肠，脾气也好，在抚养孩子方面，正好和外祖父互补。她勇于吃苦，不过一提到二十岁就难产而死的女儿，不免肝肠寸断。来店里买东西的人都很喜欢她。在家里，她到处忙个不停，也爱顺便听听《美丽人生》之类的肥皂剧，听的时候一想到接下来主人公要遭遇不幸，总是浑身发抖、紧张不安。一天中不在店里帮衬的那几个小时，她都花在悉心照料尤金上，不管他是得麻疹、腮腺炎，还是发水痘，确保他的衣物总是干干净净、补好了的，确保他功课完成、成绩单上签好了字、定期去看牙医（那时候穷人家的孩子很少这样），确保他的膳食营养丰盛，确保给他在犹太会堂上的希伯来语班交学费，为日后的受诫礼做准备。除了得过那常见的儿童传染病三件套，男孩一直很健康，连牙齿都结实坚固，这样好的体格全赖外祖母无微不至的照顾。那些年，为了孩子快乐成长，她能想到的都做到了。她和丈夫很少拌嘴，他们知道各自的分工，也知道如何做到最好，他们满怀热望把事情硬挺下来，给年幼的尤金树立了榜样。

外祖父负责培养男孩的男子气概，时常警惕要掐灭男孩身上任何一点懦弱的苗头，这和他糟糕的视力一样，也许是拜他生父所赐。外祖父教会男孩，男人在尽一切努力的同时要充满责任感。要服从外祖父的权威并不总是容易的，但是当尤金满足了他的预期时，外祖父绝不吝惜对他的褒奖。有一次，那时男孩才十岁，他在小店后面的仓库里发现一只大灰鼠。外面天色已黑，他看到老鼠在一堆空纸板货箱的里里外外窜来窜去，那些货箱是他适才帮外祖父一道卸下的。当然，他的第一反应是逃跑。但意识到外祖父在前面招待顾客，他就悄悄走到仓库一角，拿起那把又长又沉的煤铲子，以前他学过如何用铲子拨旺炉火让小店暖和起来。

他屏住呼吸，蹑手蹑脚地靠近，直到惊恐万分的老鼠被逼到墙角。男孩高举煤铲，老鼠则直立起来，吓得直咬牙，一副就要跳起的模样。但没等它跳离地板，男孩就迅速落下了铲子底面，不偏不倚正好击中那只啮齿动物的脑壳，把它的脑袋砸开了花。鲜血带着一点点骨头和脑浆流进仓库地板的裂缝中，他突然一阵恶心，虽然没有完全忍住不吐，但还是用铲子铲起死掉的老鼠。它很重，比他想象的要重，躺在铲子上的尸身，显得比用后脚直立时更大、更长。不可思议的是，没有什么——甚至那毫无生命迹象的尾巴或纹丝不动的四肢——看起来和它那针一般细的、血迹斑斑的胡须一样死气沉沉。武器举到头顶时，他没有意识到胡须，除了“杀了它”三个字他什么都意识不到，似乎那三个字是外祖父灌输到他脑子中去的。等顾客提着购物袋离开后，他把铲子直直地端在身前——一脸若无其事的表情，以表明自己如何处之泰然——一直端到店里给外祖父看，接着走出店门，在街道一角把尸体抖落，从铁箅子里戳进了下水道。回到店里，靠一块肥皂，几块破布，一把板刷和一桶水，他把地上的呕吐物和死老鼠的痕迹冲刷干净，还清洗了铲子。

这次胜利之后，外祖父就喜欢管戴眼镜的十岁外孙叫“巴基”了，因为这个昵称有大无畏、活力十足、意志坚强的含义。

外祖父名叫山姆·坎特，一八八〇年代随家人从波属加利西亚地区[①]的一个犹太村子移民到美国。纽瓦克街区的生活教会了他勇敢无畏，与反犹帮派的打斗中，他不止一次被打断过鼻梁。他的童年在贫民窟度过，那时候纽瓦克市的反犹斗争时有发生，

---

① Polish Galicia，一七七二年的第一次瓜分波兰中，奥地利帝国获得了原波兰立陶宛联邦的南部，即加利西亚。

而且很残暴，那些经历对他人生观的形成影响至深，后来也影响了他外孙的人生观。他鼓励外孙像男人一样战斗，像犹太人一样战斗，记住战斗永远不会结束，在接连不断的小冲突中，活着就意味着“在该付出代价的时候不要犹豫”。外祖父脸庞中央那个断过的鼻梁永远向男孩证明：无论这世界再怎么尝试，它都无法将他打倒。一九四四年七月，当那十个意大利人开车来到操场，坎特先生单枪匹马把他们赶跑时，虽然老人因为心脏病发已经过世，但这并不代表在整个冲突中他的缺席。

对于一个母亲因难产而死，父亲锒铛入狱，双亲从来不曾在最初记忆里出现的男孩来说，得到可以让他各方面都变强的父母的替身，实在是再幸运不过了——他极少因想起父母不在身边而痛苦，即使他的一生已经注定了无父无母。

一九四一年十二月七日，星期天，日本突袭珍珠港，美国的太平洋舰队遭到轰炸，几乎被摧毁。当时坎特先生才二十岁，上大学三年级。接下来的星期一，十二月八日，他跑去市政厅外的新兵招募站报名参军，但是因为视力问题没有人愿意招他，无论是陆军、海军、海岸警卫队，还是海军陆战队。他被归到 4 - F[①] 一档，

---

① 指服役标准中“永远不满足服兵役条件的，即终身免服兵役”的一类。

被遣回潘瑟学院，继续学习如何成为一名体育教师。那时外祖父刚过世，尽管听起来有点离谱，但坎特先生还是觉得辜负了他，辜负了自己永恒的人生导师的期望。他健硕的体格，堪比运动员的非凡能力，如果不能以战士的身份加以利用，又有何益处呢？他从青春期早期就开始负重训练，可不是为了有足够的体力掷标枪——那时他已经强壮得像海军陆战队员了。

美国宣战之后，他还走在大街上，而所有和他同龄的体格健壮的男人都被送去学打日本人和德国人了，其中就有他两个最要好的朋友，也是潘瑟的同学，十二月八日那天他们三个一块去招募站排的队。好朋友戴夫和杰克抛下他去迪克斯堡陆军基地接受基本训练的那天晚上，他一个人在卧室里哭泣，外祖母都听在耳里。他读潘瑟时和外祖母一起住，从前她可不曾听过他哭。穿着平民服装，看着电影屏幕上关于战争的新闻短片，上完课乘车从纽瓦克东奥兰治回家时看到邻座正读着晚报头条："巴丹岛①沦陷""战争岛②沦陷""复活岛③沦陷"，所有这些体验都令他羞愧难当。他觉得如果他能加入，也许美国军队在太平洋一场接一场巨大失利的状况会有所改善，为此他心怀愧疚。

---

① Bataan，印尼最靠近新加坡的一个岛屿。

② Corregidor，即 Corregidor Island，俗称战争岛，菲律宾马尼拉湾入海口处的一个小岛。

③ Wake Island，南太平洋中的一个岛屿，位于智利以西外海三千公里以外。

因为战争和征兵，教育系统提供的男体育教师岗位数不胜数，因此甚至还没等到一九四三年六月从潘瑟毕业，他就在有十年历史的总理大道小学谋到一个职位，签了暑期操场管理员的工作合同。他的目标是去总理大道小学隔壁的威夸依克中学担任体育教师和教练。因为两个学校都有占压倒性优势的犹太学生群体和极好的学术信誉，所以坎特先生对它们都感兴趣。他想教会这些孩子，不仅要学业出色，还要擅长体育，教会他们重视运动员精神，重视在运动场上通过竞争能学到的一切。他想教会他们他的外祖父曾经教会他的：坚毅果断、挺身而出、保持健康，永远不要受他人摆布，不要只是因为知道如何用脑就被诋毁为犹太病夫或娘娘腔。

赫比·斯泰因马克和艾伦·迈克尔斯由救护车送到贝斯·以色列医院的隔离病房后，有关他俩完全瘫痪，不能自主呼吸，靠铁肺维持生命的消息立马传遍了操场。虽然那天早上不是所有人都到齐，但还是有足够的孩子可以组成四队来进行一整天的五局循环赛。坎特先生估计，包括赫比和艾伦，原本九十多个常来操场的学生中，大约十五或二十名没有出现——他猜他们是被害怕小儿麻痹症的父母关在家中。虽然以前他就知道身边犹太父母对孩子的保护欲，以及警惕的母亲的母性关怀，但事实上，令他吃惊的是，更多的孩子出现在操场上。也许前一天他和他们的谈话起了作用。

“伙计们，”他那时说，在男孩们解散回家吃晚饭前把他们聚在一起，“我可不愿意看见你们惊慌失措。小儿麻痹症在我们这儿每年夏天都有。这种严重的疾病生活中无处不在。应对小儿麻痹症威胁的最好办法就是保持身体强健。每天都要尽量把手洗得干干净净，饮食也要注意，保持八小时睡眠，一天喝八杯水，不要听由自己担忧恐惧。所有人都希望赫比和艾伦早日康复，所有人都希望他们没得病。他们两个很棒，你们中很多人是他们的好朋友。尽管如此，在他们接受治疗逐渐康复的同时，我们剩下的人还得继续自己的生活。那意味着像往常一样每天来操场参加体育锻炼。当然，如果你们任何人感到身体不适，那么必须告知你们的父母，然后待在家里，好好照顾自己，直到看了医生，恢复了健康。但是如果你们觉得身体很好，整个夏天就没有理由不恣意玩耍。”

当晚，他拿起厨房里的电话，试了几次给斯泰因马克和迈克尔斯家拨电话，想表达自己的关心，以及操场上其他男孩对同伴的关心，顺便了解下两个生病孩子的身体状况。可都没打通。这可不是什么好兆头。已经是晚上九点十五分了，看来两家家长还在医院里候着。

突然电话铃响了，是马西娅从波科诺打来的。她听说了他操场上那两个孩子的事儿。“我和爸妈聊天。他们告诉我的。你没事吧？”

“没事。”他说，一边拉长了电话线，这样可以站在凉爽点的地方，靠打开的窗帘更近些，“其他男孩都没事。我正和住院的两家孩子家长联系，看看他们怎样了。”

“我想你，”马西娅说，“我很担心你。”

“我也想你，”他说，“但没什么可担心的。”

“我真后悔来了这儿。”她正在宾夕法尼亚州波科诺山区一个犹太儿童暑期夏令营担任总辅导员，这是她第二次做这份工作了，营地叫印第安山，离市区七十英里。她的正职是总理大道小学一年级教师——去年秋天他们相识，当时两人还是新进教师。“太糟了。”她说。

“对那两个孩子和他们的家庭来说，情况是很糟糕，”他说，“但还不至于束手无策。不应该那么想。”

“我妈妈提到那些意大利人的事儿，是他们来操场传播病毒的。”

“不是意大利人干的。我在场，知道发生的一切。他们是几个自以为是的家伙，不过如此。他们在道上到处吐痰，我们把它冲洗干净。小儿麻痹症就是小儿麻痹症——没人知道怎么传染的。夏天一来，它也来了，我们也无能为力。”

“我爱你，巴基。我一直很想你。”

怕邻居从开着的窗户那儿听见，他压低了嗓音，小心翼翼地回应：“我也爱你。”说出这句话可不容易，因为一来他很克制自己——觉得自己这么干是明智之举——她不在身边时不要过于思念，二来他之前从未对女孩子如此表白过，那几个字说出口仍然让他觉得尴尬。

“我要挂电话了，”马西娅说，“有人等着打电话呢。请照顾好自己。”

“好的，我会的。但是不要担心，不要害怕。没什么好害怕的。”

第二天，消息传遍了整个社区，说是威夸依克校区新增了十一起小儿麻痹症病例，相当于前三年报道的病例总和，而且还是在七月，再过两个月小儿麻痹症发病季节才会过去。十一起新病例，更糟的是，当晚，坎特先生最喜欢的学生，艾伦·迈克尔斯死了。七十二小时后，病魔吞噬了他。

接下来的一天是一个星期六，操场对有组织的活动只开放到中午。正值每周一次例行的防空警报测试，市里到处是此起彼伏的哀鸣。操场活动结束后他没有回巴克利街，没去帮外祖母的杂货铺进一周的货——外祖父去世后铺里的库存都贱卖了——他在男子更衣室冲了个澡，换上干净的衬衣裤子，穿上之前用纸袋子装着带过来的锃亮的鞋子。接着步行穿过整条总理大道，沿坡道一路行至法比安街道，艾伦·迈克尔斯家住在那儿。虽然社区里小儿麻痹症盛行，商店林立的主干道上仍旧人头攒动，大家都趁周六外出购物，要么去干洗店取衣物，要么拿药方出来配药，要么去电器商店、女装店、眼镜店、五金店随便买点什么。弗兰切的理发店里座无虚席，社区居民们正等着理发刮胡子。隔壁意大利人开的修鞋铺是街上除弗兰切的理发店外唯一一家非犹太人开的铺子。意大利人正忙着在凌乱的柜台上一堆鞋子里帮顾客找已经修好的成品，一旁收音机里的意大利电台嘈嘈嚷嚷，声音传出去老远。店铺前的遮阳布已经摊开，不然炙热的阳光会透过朝街的玻璃窗进到店里。

天空晴朗无云，气温不断上升。体育课上和操场上的男孩在总理大道见到他时很兴奋——他住在南区高中那边，不住这个街区，所以他们已经习惯见到作为体育老师和操场管理员的他。他们喊着："坎特先生！"他则朝他们挥挥手，向父母们点头微笑，其中几个他在家长教师联谊会上见过。一位父亲停下步子和他攀谈。"年轻人，我想和你握握手，"他对坎特先生说，"是你把那些意大利佬赶跑的。那些癞皮狗。以一敌十，年轻人你真勇敢。""谢谢你，先生。""我叫穆瑞·罗森菲尔德，乔伊的父亲。""谢谢你，罗森菲尔德先生。”接着，一个出门购物的女人也驻足和他说话。她礼貌地笑笑，说：“我是路易的太太，伯尼的母亲。坎特先生，我儿子可崇拜你了。但有件事我想问问你。市里出了那种事，你觉得大热天的孩子们还跑来跑去，要紧吗？伯尼回家时浑身都湿透了。那样好吗？想想艾伦的遭遇。一个家庭怎么能从这样的事情中恢复过来？他的两个哥哥都参军去了，现在又出了这档子事。”“路易太太，我不会让孩子们没节制地玩。我会看好他们。”“伯尼可不懂节制，”她说，“如果没人管着他，他可以没日没夜地跑来跑去。”“如果他太热的话，我一定会阻止他。我会盯着他的。”“哦，谢谢，多谢你了。有你看着孩子们，大家都很放心。”“希望我帮得上忙。”坎特回答说。和伯尼妈妈谈话时一小群人围了上来，接着又有一个女人走上前来，抓住他的衣袖，想要引起他的注意。“出事时卫生局跑哪去了？”“你问我吗？”坎特先生说。“是呀，问你呢。一夜之间威夸依克地区就新增了十一起病例！死了一个孩子！我想知道卫生局都做了些什么来保护我们的孩子。”“我不在卫生局工作，”他说，“我是总理大道小学的操场管理员。”“有人说你当时和卫生局的人在一起。”她质问他。“不是的。我希望能回答你的问题，但我是学校的员工。”“我给卫生局打了电话，”她说，“但没打通。我觉得他们是故意不接电话的。”“卫生局就在我们这儿，”又一个女人插嘴道，

“我看见他们了。就在我住的那条街上，他们在一栋房子前挂了检疫隔离的牌子，”她接着说，声音里充满了焦虑，“我们街道也出现了一例小儿麻痹症！”“而卫生局什么也没干！”有人发起火来。“市里做了什么制止疾病传播？什么也没有！”“总该做点什么——但他们一点都派不上用场。”“他们得检查下小孩喝的牛奶——小儿麻痹症就是从那里来的，奶牛很脏，牛奶也不干净。”“不对，”又有人插嘴，“不是奶牛的问题——是牛奶瓶。他们没有及时给那些瓶子消毒。”“他们怎么不给瓶子做熏蒸消毒呢？”又有声音传来。“他们怎么不用消毒剂呢？把所有东西都消毒一下。”“我小时候他们还做过挺多事的，怎么现在不一样了？那时他们在我们脖子上挂樟脑丸，还用一种叫什么阿魏[①]的臭东西——也许现在也能奏效。”“他们怎么不在街道上洒化学药剂，把小儿麻痹症病毒都消灭掉？”“别提什么化学药剂了，”有人说道，“对孩子来说，最重要的莫过于把手洗干净。不停地洗手。清洁！清洁是唯一的方法！”“还有一件事很重要，”坎特先生插了一句，“大家都要冷静，别失了分寸，没什么可恐慌的。另外别把恐慌传给孩子。尽可能地正常生活，这很重要。无论你们和孩子提到什么，都要保持理智、冷静。”“他们要是待在家里，等

① Asafetida，一种独特的药材，味辛、性温，有理气消肿、活血消疲、祛痰和兴奋神经的功效。

这场传染病结束了再出来，岂不是更好?”有个女人问他，“在这种危机关头，家里可是最最安全的地方。我是瑞奇·图林的母亲。坎特先生，瑞奇被你迷得神魂颠倒。所有男孩都是。但如果关闭操场，让他们留在家中，对瑞奇来说，对所有男孩来说，岂不是更好?”“关不关操场我无法决定，图林太太。学校管理人员会做决定。”“我不是怪你，你不要误会。”她说。“不会，不会。我知道你没有。你是母亲。你很担心。我理解大家的忧虑。”“对犹太人来说，孩子就是我们的财富，”有人补充道，“为什么小儿麻痹症会盯上我们漂亮的犹太小孩?”“我不是医生，也不是科学家。我不知道为什么会有人生病，也不知道谁会染病。我想没人知道。所以大家都试图找到该去怪罪的人或东西。大家都想找出罪魁祸首，把它根除。”“那些意大利人呢？一定是意大利人!”“不，不，我不这么认为。意大利人出现时我也在场。他们和孩子们没有接触。不是意大利人的错。听着，不要让忧虑吞噬了你们，也不要让恐惧吞噬了你们。当务之急是不要把恐惧像病毒一样传给孩子。一切都会好起来，相信我。我们所有人都尽自己的一份力，保持冷静，竭尽所能保护孩子，所有人都能渡过难关。”他说。“哦，太感谢你了，年轻人。你太棒了。”“我还要赶路，不好意思。”他对所有人说，最后朝那些眼神里充满了焦虑与恳切的人看了一眼，在他们眼中，仿佛他远比一个二十三岁的操场管理员更为强大。

法比安街在纽瓦克的尽头，再过去是欧文顿市，街后边是铁路和贮木场。和其他从总理大道分流出来的居民街区一样，法比安街两旁是两排两层半高的房子，屋前是红砖门阶，每家都有篱笆围起来的小院，房子间隔着狭窄的水泥车道和小型车库。门阶前拐角处都栽有一株小树，绿叶成荫，这是十年前市政府的一项工程。高温无雨的日子持续了数周，如今叶子蔫了不少。街道宁静整洁，没有任何疾病或感染的迹象。所有楼层要么拉上了百叶窗，要么放下了窗帘，这样酷暑才不会进到室内。四处连个人影也没有，坎特先生不知道是因为暑热，还是因为邻居们出于对迈克尔斯一家的尊重（也许还有恐惧）而把孩子们都关在了家中。

那时，莱昂斯大街街角处冒出一个人影，在法比安街白花花的日头下和晒软了的柏油路面上踽踽独行。虽然相隔甚远，但坎特先生还是凭着特殊的步态认出来那是贺拉斯。威夸依克这块儿的人，无论男女老少，都认识贺拉斯，大抵因为看见他自顾自地走着这件事本身就很让人不安。小点儿的孩子见到他，会跑到街道另一边，大人们遇到他也会低头避开。在街坊眼中，贺拉斯是个“傻蛋”。他骨瘦如柴，三十或四十来岁的样子——没人知道他的确切年龄——智商只有六岁左右。与社区里的孩子几年前给他取的绰号“傻蛋”不同，心理学家管他叫“智障”，甚至“白痴”。他慢吞吞走着，像乌龟一样把头从脖子里伸出来，每走一步，头就无力地晃来晃去，看起来不像在走路，倒像踉跄着往前。他不怎么说话，偶尔开口时唾沫星子便积聚在嘴角，不说话时，口水有时也会淌下来。一张瘦削的脸，长得一点也不端正，看起来像是经过产钳的挤压扭曲，只有鼻子是个例外，在这样一张狭长的脸上，鼻子显得又大又鼓，十分怪异。有些孩子鬼主意多，他路过门阶或车道时，他们会在一旁大喊着戏弄他：“嘿，喇叭鼻！”他身上的衣物一年四季都散发着一股酸臭味，脸上还有斑斑点点的血渍，从皮肤上的小刮痕来看，虽然他只有婴儿的智商，但也像成年男子一样会长胡子，而且每天出门前还不顾危险自己刮胡子，也可能是他父母代劳。几分钟前，他定是从街角裁缝店后的小公寓出门。他和年迈的父母一起住，父母之间用意第绪语交流，对来店里的顾客则说口音很重的英语。据传他们生养的其他子女都很正常，且都已成年，住在其他地方。令人称奇的是，贺拉斯的两个哥哥，一个据说是医生，另一个是成功的商人。贺拉斯是家中老幺，无论寒冬酷暑，他成日在社区街道上游荡。隆冬时节身上一件尺寸过大的麦基诺厚呢大衣，大衣兜帽拉上来盖住了御寒的耳暖，黑色橡胶套鞋没有束口，本该戴在大手上、用别针固定在袖口的手套则一直耷拉着，无论气温如何，从未使用过。这副打扮让行动迟缓的他看起来比平时独自在小区里四处溜达时更像个异类。

坎特先生在街道那头找到了迈克尔斯的家，他登上门廊台阶，过道很窄，里面立着信箱。他按下二楼的门铃，楼上响起铃声。有人从里面的楼梯下来，步伐缓慢，接着楼梯间最下面的毛玻璃门打开了。一个体格魁伟的男人出现在眼前，短袖衬衫的纽扣在腹部绷得紧紧的，眼睛下是粒面的黑眼袋，看见坎特先生时没有讲话，似乎悲伤已经使他木然。

“我是巴基·坎特，总理大道小学的操场管理员，也是那儿的体育老师。艾伦是我体育课上的学生。他和其他男孩一起在操场上打球。我听说了他的事，请节哀。”

男人很久没有作答。“艾伦提起过你。”他终于回了一句。

“艾伦是天生的运动健将。他很懂事。发生这种事太可怕、太令人震惊了，我们都觉得难以理解。我是来告诉你，我为你们感到难过。”

过道里很热，两人都汗流不止。

“上楼吧，”迈克尔斯先生说，“我们给你准备点冷饮。”

“不多打扰了，”坎特先生回答说，“我就想表示下慰问，我想告诉你，你们的儿子很优秀，在各方面都很成熟懂事。”

“喝点冰茶吧。我小姨子准备的。我太太病了，一出事就病倒了。医生只好给她开苯巴比妥[1]。来吧，喝点冰茶。”

“真不想打扰你们。”

“来吧。艾伦常跟我们提坎特先生和他的肌肉。他爱操场上的一切，”接着，他哽咽了，“他爱生活。”

坎特先生跟着这个伤心欲绝的大块头男人上了楼，进了房间。百叶窗拉上了，没有开灯。沙发旁有一架落地收音机，对面是两张又大又软的太空椅。坎特先生在沙发上坐下，迈克尔斯先生去厨房端来一杯冰茶递给客人，随后也在太空椅上坐下，朝坎特先生那边移了移，接着苦闷地叹了一口气，又坐到另一张椅子上，椅脚边有个搁脚凳。等他在椅子和搁脚凳上舒展开，他看起来像和他太太一样病倒在床，服了镇静剂，动也动不了。他一蹶不振，面无表情。在昏暗的室内，他眼睛下面暗沉的皮肤看起来也黑漆漆的，好像一对染上墨汁的哀悼符号。古老的犹太死亡仪式规定，一旦获悉亲人去世，人们需要撕裂自己的衣裳——迈克尔斯先生苍白的脸上那两道黑色的印迹则是他的仪式。

“我们有儿子在服兵役。”他说。声音压得很低，传不到隔壁房间人的耳朵里，语速也慢，似乎是过于疲乏的缘故。“自从他们被派往国外，每天我都做好听到最坏消息的打算。迄今为止，

---

① Phenobard，一种安眠镇静剂。

他们从最惨烈的战争中幸存下来，但他们的小弟弟一连几个早上醒来都是僵着脖子，发着高烧，三天后便走了。我们要怎么告诉他的哥哥们这个消息？要怎么给战斗中的他们写信告知这件事情？一个十二岁的孩子，你能期待的最优秀的男孩，离开了人世。头一晚他看起来糟透了，因此第二天早上我想也许最糟的情况已经过去，危机结束了。可最糟的情况才刚刚开始。那孩子度过了怎样的一天！他烫得像着了火。读读温度计，你都不敢相信——一百零六华氏度①！医生一来就叫了救护车，到了医院他们很快就把他带走了——事情就是这样。我们再也没见过儿子活着的样子。他孤独地死去。连说再见的机会都没有。他留给我们的只有一个壁橱，里面有他的衣服、课本，还有一些运动器材，还有，那儿，他的鱼。”

坎特先生这才注意到远处靠墙立着一个大玻璃鱼缸，那边不光百叶窗，连深色窗帘都已拉上，窗帘后面的窗户应该是面向隔壁的房子和车道的。水箱上有盏霓虹灯照下来，里面是五彩斑斓的成群的小鱼，有十来条，要么躲进装点着绿色小灌木丛的小石洞，要么掠过箱底的沙子找寻食物，还有的浮到水面一张一翕，或是游到水箱一角冒泡的银色管子旁，悬着一动不动。坎特先生

---

① 约等于四十一摄氏度。

心想，这可真是一块经过精心打理的设备齐全的栖息地啊。

“今早，”迈克尔斯先生的手越过肩头，指着鱼缸说，“我想起来要给它们喂食。我从床上跳起来，记起来了。”

“他是最棒的。”坎特先生边说边探身，这样即使声音低对方也能听到。

“他一直按时做功课，”迈克尔斯先生说，“总给他妈搭把手。一点也不自私。本来九月份就要开始准备他的受诫礼了。他彬彬有礼、整洁干净。每周都记得给两个哥哥发军邮[①]，信中都是些家中近况，晚饭时他会念给我们听。他妈妈因为两个哥哥参军的事闷闷不乐，他却总能逗她开心。甚至在他还是个小男孩的时候，跟他在一起也能让你开怀大笑。我们家是他所有朋友欢度时光的大本营。为什么是艾伦得了小儿麻痹症？为什么非得是他得病死掉?”

坎特先生握紧手中装冰茶的冰冷玻璃杯，一口也没喝，甚至都没意识到自己正握着它。

“他所有的朋友都吓坏了。”迈克尔斯先生说，“他们害怕被传染上，怕自己也会得小儿麻痹症。他们的父母变得歇斯底里。没有人知道该做些什么。能做什么呢？我们该做些什么呢？我绞

① V-mail，始于第二次世界大战中的美军军邮，取 V 以祝胜利。

尽脑汁也想不出。还有比我们家更干净的吗？还有比我太太把房子打理得更干净的吗？还有比这样一位母亲更关心孩子安危的吗？还有比艾伦更能自己打理好房间衣物、照顾好自己的孩子吗？无论做什么他第一次就能做好。总是开开心心的。也总逗别人开心。为什么他会死呢？这有何公平可言？”

“没有公平可言。”坎特先生回答说。

“你只做正确的事，接着又是正确的事，正确的事，正确的事，如此循环往复。你试着体贴别人，通情达理，乐于助人，然后却发生了这样的事。生活的意义到底在哪里？”

“似乎毫无意义。”坎特先生回答。

“正义的天平在哪里？”这可怜的男人问道。

“我也不知道，迈克尔斯先生。”

“为什么悲剧总是发生在最不应该发生的人身上？”

“我不知道。”坎特先生答道。

“为什么不是我，而是他？”

对这样一个问题坎特先生不知该如何作答。他只能耸耸肩。

“一个孩子——悲剧降临在一个孩子身上。这真是残酷！”迈克尔斯先生边说边捶打椅子扶手，“太荒唐了！一场可怕的疾病从天而降，一夜之间就夺走人的性命。一个孩子，一个孩子呀！”

坎特先生真希望自己能说点什么，哪怕就一个字，哪怕只是一瞬间，可以减轻这位父亲的苦痛煎熬。但除了点头附和以外，他什么也做不了。

“有一天晚上，我们坐在室外，”迈克尔斯先生说，“艾伦也在。他刚结束了在战时菜园[①]里的活儿。他无比虔诚地打理菜园。去年我们还吃上了艾伦种的蔬菜，整个夏天他都忙着种菜。然后起了一阵微风，没想到会起风。你还记得吗，那天晚上？大概八点钟左右，多让人神清气爽？”

“记得。”坎特先生说，但其实他没在听。他正看着房间另一头鱼缸里游动的热带鱼，想着没有艾伦的照料，它们要么饿死，要么被送走，要么早晚被某人含泪丢到马桶里冲掉。

“热了一整天，那似乎是上天的恩赐。你等啊等，等微风吹来。你以为一阵风能让你好受些。但你知道我是怎么想的吗？”迈克尔斯先生问，“我觉得正是那阵风造成了小儿麻痹症病毒在空气中的散播，散播的范围越来越大，就像一阵疾风吹得落叶到处都是。我觉得艾伦就是坐在那儿，从那阵风中吸进了病毒……”他说不下去了，开始抽泣，笨拙地、不熟练地，像那些通常觉得自己战无不胜的男人那样抽泣。

这时一个女人从黑洞洞的卧室里走出来，是照料迈克尔斯夫

---

① Victory garden，尤指二战时把家庭花园用于种植蔬菜的菜园。

人的小姨子。她落在地板上的脚步很轻，似乎卧室里焦躁不安的孩子终于安睡过去。

她轻声说：“她问你和谁说话呢。”

“这位是坎特先生，”迈克尔斯先生说，抹了一把眼泪，“艾伦学校里的老师。她怎么样了？”他问小姨子。

“不是很好，”她压低了嗓子，“还是一味地念叨：‘不会是我的孩子，不会是我的孩子。’”

“我这就过去。”他说。

“我得走了，”坎特先生说着，从沙发上起身，把没动过的冰茶放到一旁的条桌上，“我只是来问候下。请问葬礼什么时候举行？”

“明天上午十点。在施莱街会堂。艾伦是他希伯来语学校拉比最喜欢的学生。也是所有人的最爱。斯莱文拉比一听到消息，就亲自来家里拜访，表示可以在会堂举行葬礼，就当是给艾伦的特殊荣誉。世上所有人都爱那个孩子。他是万里挑一的。”

“您教什么科目？”小姨子问坎特先生。

“体育。”

“只要和体育相关的，艾伦都喜欢。”她说，“多好的学生啊。他是每个人心头的宝贝。”

“我知道，”坎特先生说，“我明白。我难以向你们表达我有多难过。”

他下了楼，正要下门阶，一楼公寓里有个女人冲出来，激动地抓住他的胳膊，问道：“隔离标识在哪儿？人们上楼下楼，进进出出，为什么不立个隔离标识呢？我的孩子们还小。为什么不立个隔离标识保护下我的孩子呢？你是公共卫生队派来的巡视员吗？”

“我不知道什么卫生队。我是操场管理员，是学校的老师。”

“那么谁来管管这里？”那女人是个矮个头，皮肤黝黑，满脸惊恐，五官因情绪激动而显得扭曲。看来似乎不是因为她的孩子们不得不朝不保夕地与传染病为邻，而是小儿麻痹症本身毁了她的生活。她看上去不比迈克尔斯先生好多少。

“我想是卫生局管这事儿。”坎特先生说。

“他们在哪儿？”她哀求道，“管事的人在哪儿！街上的人甚至不从我们房子跟前走——他们故意走在街道另一边。那个孩子死了，”她接着说，因为绝望而语无伦次，“而我还在等着立一个隔离标识！”紧接着她尖叫起来。除了在恐怖电影里，坎特先生以前从未听过谁尖叫。它和银幕上的尖叫不同，听上去像电流的嗞嗞声，音调很高，拖得很长，和他听过的人声都不一样。这怪异的声音让他汗毛直竖。

他还没吃午饭，打算去希德的店里买个热狗。他小心翼翼地走在街道背阴的一边，另一边完全暴露在刺眼的阳光下，他觉得他能看到热浪在人行道上方微微闪烁。大多数人不会这时候出门购物。又是一个令人难以忍受的夏日，气温到了惊人的一百华氏度①，如果操场开放，他会缩短玩垒球的时间，鼓励孩子们去学校阴凉处玩国际象棋、跳棋和乒乓球。很多男孩吃了妈妈们给他们准备的、为防暑热的食盐片剂，一门心思想在操场上继续玩耍，无论气温飙到多高，哪怕操场上柏油开始变松软，开始在运动鞋底下热得发烫。太阳如此炙热，以至于你会以为，在被原地火化前，自己裸露的皮肤不是被晒黑而是被晒得颜色全无。刚刚体会了艾伦父亲的哀痛，坎特先生考虑，如果之后的气温一直超过九十华氏度②，接下来的夏天是否应该关闭所有体育设施。这样的话，他至少也做了点什么，尽管他并不知道这对阻断小儿麻痹症的传播是否有用。

希德的店几乎门可罗雀。店后头暗处的弹球机旁有人在骂街，两个他不认识的高年级男生在自动点唱机上打发时间，点唱机正放着的《我会见到你》是那年夏天最受欢迎的歌曲之一。马西娅也爱在电台里收听这首歌，它之所以这么受欢迎，是因为战争期间丈夫和男友都参军去了，而他们的妻子和女友都留守在家

---

① 约等于三十八摄氏度。
② 约等于三十二摄氏度。

的缘故。他还记得马西娅出发去印第安山前一周，他们在她家后门廊上随着这首歌跳舞。在《我会见到你》的旋律下二人抱着缓缓摇曳，这让他们在马西娅还没离开前就已经开始思念对方了。

餐馆的卡座和柜台前的高脚凳上都没有坐人。巴基在纱门附近的位子上坐下来，狭长的取餐窗口面向总理大道，街上不管什么气味都可能传过来。柜台两边各有一个大风扇吹着，但似乎不怎么奏效。店里依然很热，弥漫着油炸薯条的味道。

他要了热狗和冰镇根汁汽水，独自在柜台边吃起来。街对面，在纽瓦克如赤道地区般致命的热浪里，拖着沉重的步子往坡道山上爬的正是贺拉斯本人，他无疑是往操场方向去的，却不明白今天是周六，而夏天周六中午操场是关闭的。（没人知道他是否理解“夏天”“操场”“关闭”或者“中午”的意思，就像他没过马路到背阴这边来的行为本身也许就表明了他缺乏基本的思考能力，无法理解“阴凉”的概念，甚至连找块阴凉地儿的本能都没有，哪怕是只狗，在这种天气下也有这样的本能。）如果贺拉斯发现学校一个孩子也没有，他会怎么做呢？是在露天座位上坐上几个钟头等孩子们出现，还是重新开始他在社区内的游荡，像某个光天化日之下的梦游者？是的，艾伦死了，小儿麻痹症正威胁着这个城市里所有孩子的性命，可看着贺拉斯没头没脑地在炎炎烈日下独自行走，坎特先生禁不住心生沮丧。

孩子们打球时贺拉斯要么安静地坐在击球队伍刚坐过的长凳一角，要么起身在球场上到处巡视，在离场上球员一两步远的地方停下，然后就站在那儿一动不动。每次都是这样。大家都知道守场员甩掉贺拉斯的唯一办法——好集中注意力重新回到比赛——就是握住这个傻子死气沉沉的手，对他说："过得怎么样啊，贺拉斯？"这样贺拉斯就满足了，然后走到另一个球员身边。他对生活的全部要求就是——和别人握手。操场上打球的男孩从不嘲笑戏弄他，至少坎特先生在的时候不会，除了无法无天、精力旺盛的考普费曼家的两个儿子，麦隆和丹尼。他们身强体壮，擅长体育。麦隆容易兴奋，天性好斗，而丹尼调皮捣蛋，鬼头鬼脑。两人中年长些的，也就是十一岁的麦隆，具备成为一个霸凌者的一切素质，一旦球场上男孩起纷争或者他去跳绳的女孩那边捣乱时就必须得管住他。坎特先生花了不少时间给不服管的麦隆灌输公平竞争的精神，还告诫他不要和贺拉斯纠缠。

"瞧，"麦隆会这么说，"瞧瞧，贺拉斯。瞧瞧我正做什么呢。"贺拉斯看着麦隆运动鞋的鞋尖一上一下有节奏地点在看台台阶上，他的手指开始抽搐，脸变得通红，用不了多久，他就会在空中挥舞起双臂，似乎要赶走一群蜜蜂。那年夏天坎特先生不得不一次次制止麦隆·考普费曼，告诫他不要再这么做。"做什么？做什么？"麦隆问，故意咧嘴一笑，来掩饰自己的傲慢无礼。

“我正用脚打拍子呢，坎特先生——难道我连用脚打个拍子的权利都没有吗?”“麦隆，住口。”坎特先生说。另一个考普费曼，十岁的丹尼，有把金属玩具手枪，设计得跟真的左轮手枪一样，可以让他揣在口袋里，即使打二垒时他也随身携带。扣动扳机时玩具枪会发出轻微的爆炸声，还会冒烟。丹尼喜欢跑到其他男孩身后，用枪吓唬他们。坎特先生一直容忍他们的恶作剧，因为其他男孩从未真正被吓住过。但有一天，丹尼掏出玩具枪朝贺拉斯挥舞，让他举起双手，而贺拉斯没有照做，于是丹尼幸灾乐祸地开了五枪。枪声和烟雾让贺拉斯开始嚎叫，他迈着笨拙的外八字步从球场上折磨他的小鬼那儿跑开了。坎特先生没收了枪，之后就把它放在办公桌抽屉里，那里面还有丹尼夏天早些时候用来吓唬操场上更小的孩子的玩具——“警长”手铐。那天已经不是他第一次把丹尼·考普费曼送回家，还写了一张字条，告诉他妈妈她的小儿子干了什么坏事。他怀疑她从未见过字条。

希德的店里的尤西，那个总是穿着沾满芥末酱的围裙，站在柜台后面的老伙计对坎特先生说：“这里没一点儿人气儿。”

“天太热了，”坎特先生回答说，“夏天到了。又是周末。人们要么在海边待着，要么躲在家里。”

“不对，是因为那个孩子才没人来店里的。”

“艾伦·迈克尔斯。”

“对啊，”尤西说，“他在这儿吃了个热狗，回家后就得了小儿麻痹症，接着死了。现在所有人都不敢来这了。真是胡扯。怎么会吃个热狗就得小儿麻痹症。我们卖了成千上万的热狗，也没人得过小儿麻痹症。一个孩子得了小儿麻痹症，接着所有人都说：‘因为希德家的热狗，因为希德家的热狗!’一个煮过的热狗——怎么会因为一个煮过的热狗而感染小儿麻痹症呢?”

“人们吓坏了，”坎特先生说，“他们怕得要死，所以什么都能引起他们的不安。”

“是那些意大利杂种把病毒带来的。”尤西说。

“不太可能。”坎特先生说。

“就是他们。他们到处吐痰。”

“我当时在场。我们用氨水把痰液都清洗掉了。”

“你清洗掉了痰液但清洗不掉病毒。病毒是洗不掉的。你看不见它。它浮在空气中，你一张嘴就吸入，接下来就得病。这病和热狗一点关系都没有。”

坎特先生没做回应。他一边听着点唱机上熟悉歌曲的尾声部分——突然思念起马西娅来，一边吃完了热狗。

我会见到你，

在每一个美好的夏日，

在一切光明和快乐的事物中，

我会一直这样想着你……

“假设那孩子在哈勒姆的店里吃了个冰激凌圣代，”尤西接着说，“那是不是也没人去哈勒姆店里吃冰激凌圣代了？假如他去中国佬店里吃了炒面——是不是就没人去中国佬那边点炒面吃了？”

“也许吧。”坎特先生说。

“那另一个死掉的孩子又怎么解释？”尤西问道。

“什么另一个孩子？”

“今天早上死掉的那个。”

“什么孩子死了？赫比·斯泰因马克死了？”

“对啊。他可没在这儿吃热狗。”

“你肯定他死了？谁告诉你赫比·斯泰因马克死了？”

“别人告诉我的。前脚来店里的那人。好几个人都这么跟我说。”

坎特先生付了饭钱给尤西，然后不顾天气炎热——他不怕热——从希德的店里跑了出去，穿过总理大道，回到操场。接着又跑下台阶来到地下室门口，开了门，一路跑到自己的办公室。他拿起电话，拨通贝斯·以色列医院的号码。电话上面的告示板上用图钉钉了张卡片，卡片上有一串紧急联系号码，医院的号码也在其中。它的正上方还有另一张卡片，上面有他手抄的约瑟夫·李的名言。约瑟夫是操场运动之父，坎特在潘瑟念书时读过他的作品。从第一天上班起他就把那句名言写上了："对于成人来说，玩耍是消遣，是生命的复苏；对于孩童来说，玩耍是成长，是生命的获得。"名言卡片旁边是文体部前天邮寄给各个操场管理员的一张通知：

> 考虑到当前小儿麻痹症暴发给纽瓦克孩子带来的危险，请特别严加注意下列事项。如果眼下没有足够的卫浴用品，马上订购。对洗手槽、抽水马桶、地板和墙壁进行每日消毒，确保所有设备清洁无瑕。必须监管各地卫浴设施被彻底洗刷。以上各项，只要疾病暴发当下对社区还有威胁，诸位务必给予切身关注。

接通医院的电话后，他问接线员病人信息，接着问了赫伯特·斯泰因马克的情况。接线员告诉他病人已经不在医院了。"但他装了铁肺。"坎特先生很不甘心。"病人死了。"接线员说。

死了？"死"这个字眼和胖乎乎、圆鼓鼓，总是一脸笑容的赫比有什么相干呢？操场上最最听话、嘴最甜的男孩就是他。他总是一大早就和另外几个孩子一起帮他把运动器材搬出去。总理大道小学的体育课上，尽管在鞍马、双杠、吊环和攀绳项目上的表现无药可救，但因为他够努力，脾气一直又好，坎特先生从没给过他低于B的分数。天生的运动健将艾伦，还有对体育从不在行、肢体欠灵活的赫比——意大利人设法闯入操场那天，两人都在场上玩耍，如今他们都死了，在他们十二岁这年，小儿麻痹症给了他们致命的一击。

坎特先生一路跑出地下室，来到公用的男洗手间。他任由自己沉浸在悲痛中，不知如何应对内心的困苦。他一把抓起看门人的拖把，接了一桶水，往里面倒了一加仑罐装的消毒剂，把整个瓷砖地板拖了个遍，一边拖一边大汗淋漓。接着又走进女洗手间，在发狂的盛怒下死命地把那边的地板也拖了个遍。最后，带着衣服上和手上的消毒剂的臭味，他搭了公车回家。

第二天早上，在刮了胡子、冲了凉、吃过早饭之后，他重新擦了擦那双见客穿的皮鞋，穿上他的套装、白衬衣，打上领带——两条领带中较暗的那条，然后乘公车去了施莱街。街对面的会堂很矮，看起来像个阴沉沉的黄砖头盒子，周围杂草丛生，原先是改建的社区战时菜园，也许艾伦曾悉心照料过的菜地也在里面。坎特先生看见几个女的，头上戴着用来遮挡早上日头的宽檐草帽，正弯腰在广告牌边上的小块土地里除草。会堂前面停了一排汽车，其中一辆是黑色的灵车，司机站在路边，正拿着块布擦拭前挡泥板。坎特先生看见灵车里的棺材，根本无法相信艾伦就是因为夏天生的一场病才躺在了苍白、简单的松木棺材里，那副你无法从里面冲出来，里面的十二岁永远是十二岁的棺材。我们剩下的人活着，一天天变老，但他永远留在了十二岁。几百万年过去，他还是十二岁。

坎特先生从裤袋里掏出折起来的圆顶小帽戴上，走进会堂，在后排找了个空位坐下。他跟着祈祷书上的祷文，加入了会众的诵祷。诵到一半，有个女人尖叫起来："她晕过去了！救命啊！"斯莱文拉比暂停了礼拜仪式，同时有个医生模样的人沿着通道冲了过来，爬上台阶到了楼厅，去照料女信徒区里晕倒的那位。会堂里的气温那时至少有九十华氏度，楼厅那边也许是最热的。难怪有人会晕过去。如果仪式不立马停下来，到处都会有人晕倒。甚至连坎特先生都觉得有点头晕，因为他身上的那件是冬天穿的羊毛套装。

他旁边的座位空着。他不断幻想艾伦走进来坐下。他希望艾伦戴着垒球手套走进来坐在他身边，就像他中午经常在操场的看台上做的那样，在坎特先生身旁取出午餐袋里的三明治来吃。

艾伦的叔叔伊萨多·迈克尔斯致悼词。他在韦恩赖特街和总理大道拐角处经营了多年的药店生意，顾客都管他叫大夫。他看上去很开朗，体格魁梧，皮肤黝黑，就像艾伦的父亲，眼睛下面也有粒面的黑眼袋。只有他发了言，因为其他家庭成员都觉得无法控制自己的情绪。很多人在抽泣，不仅仅是女信徒区的。

“感谢上帝赐予我们艾伦·阿夫拉姆·迈克尔斯，并护佑他十二年，”伊萨多叔叔说道，鼓起勇气笑了笑，“感谢他赐予我一个侄子，自他出生之日起，我就像爱自己的孩子一样爱他。艾伦每天放学后都会顺路到我店里，坐在柜台边，要一杯麦芽巧克力。刚上学那会儿，他是这世上最瘦小的孩子，我们一门心思要把他养胖。如果有空，我会去冷饮柜台那儿亲自给他做麦芽巧克力，还会给他多加点麦芽，让他长胖些。那个习惯一旦开始，就年复一年地持续下去。我的好侄儿放学后的来访多么令人愉快啊!”

说到这儿，他不得不停下来，控制一下情绪。

他继续说道：“艾伦是热带鱼专家。关于照顾各种热带鱼的所有注意事项，他聊起来头头是道。去他家玩，和他一道坐在他的鱼缸旁，听他跟你讲每条鱼的故事，它们怎么产卵繁殖，诸如此类，没有比这更让人激动的事情了。你可以在那儿和他坐上一小时，他却还没把知道的都说完。和他道别时，你脸上带着笑，精神振奋，还学到了许多。他怎么做到的？他是如何做到为我们这些成年人所做的一切的？艾伦有什么特别的秘密？那就是活好每一天，无论是放学后喝的那杯麦芽巧克力、热带鱼、他擅长的体育，还是在战时菜园里为战争出的一份力，或者在学校的学习，要从每件事物中发现惊奇，在每个事物上发现乐趣。艾伦十二年的人生里承载了比大多数人一生还要多的健康与乐趣。艾伦给他人带来的乐趣比大多数人一生所给予的还要多。艾伦的生命结束了……”

说到这儿，他不得不再次停下来。再继续讲时，他的声音已经沙哑，快要掉泪了。

“艾伦的生命结束了，”他重复了一遍，“但是，尽管我们感到悲痛，我们应该记住，他活出的人生是永恒的。对艾伦来说每一天都是永恒，因为他对世界充满了好奇。对艾伦来说每一天都是永恒，因为他温暖亲切。他一生都是个快乐的孩子，这个孩子每做一件事，总是竭尽全力。在这世上，有的是比他的还要悲惨的命运。”

之后，在会堂外面的台阶上，坎特先生向艾伦一家表示哀悼，并感谢艾伦叔叔刚才的发言。谁能想到，那个药店里穿着白大褂、照着处方给人们配药的大夫如此能言善辩，让会堂各处的会众，楼上楼下的，无不为他的悼词而恸哭。坎特先生看见有四个男孩一起离开了祈祷仪式，他们是斯佩克特、索贝尔森、塔巴克和芬克尔斯坦。他们的套装、白衬衣和领带都不合身，硬皮鞋也不合脚，脸上汗流直下。也许那天对他们来说，最艰难的不是第一次面对死亡，而是大热天被浆过的领子和领带勒得半死。但是，尽管天气很热，他们还是穿了最体面的衣服来会堂参加仪式。坎特先生走到他们身边，扶了扶每个人的肩头，拍拍背安慰他们。“你们在这儿艾伦会开心的，”他低声对他们说，“你们能来参加仪式，真是体贴。”

这时有人碰了一下他的背。“你和谁一块儿走?”

“什么?”

“那儿——”那人指着灵车旁的一辆汽车，“那儿，和贝克曼一家一起吧。”接着他被推到路边的普利茅斯牌轿车旁。

他没打算去参加葬礼。会堂的祈祷仪式结束后，他本打算回家帮外祖母一起处理周末各种琐事。但已经有人帮他把车门打开了，他上了车，到后排座位坐下。旁边是一个戴黑纱帽的女人，正甩着一块手帕给脸上扇凉风，脸上的粉顺着汗水流下来。司机的位置上坐了一个矮矮胖胖的家伙，穿着黑套装，跟他外祖父一样鼻子破相，这也许同样是反犹帮派造成的。他前面坐着一个黑头发的其貌不扬的姑娘，约莫十五六岁，据介绍是艾伦的表姐梅丽尔。年迈的贝克曼夫妇是艾伦的姨母姨丈。坎特先生介绍自己是艾伦的老师。

他们不得不在热烘烘的车里待上十分钟左右，等着后面的送葬队伍成行。坎特先生试着回想伊萨多·迈克尔斯刚刚的悼词，回想他说的艾伦如何活出永恒的生命，但脑海中浮现出的总是艾伦在棺材里像块烤熟了的肉的画面。

他们驶过施莱街，到了总理大道左转，接着开始在总理大道上慢慢前行，过了艾伦叔叔的药店，朝坡顶的小学和中学驶去。街上几乎没有其他车辆——大多数的店铺都大门紧闭，只有塔巴切尼克的店还开着，因为周日上午有人来买熏鱼。街角的糖果店也还卖着周日的报纸，面包店也开着，周日人们会去那儿买咖啡蛋糕和贝果面包当早餐。十二岁的艾伦本可以在这条街上不断出现，往返于学校和操场，或者出门给妈妈买点东西，在哈勒姆的店里和朋友碰面，或是一路上坡再下坡去威夸依克公园钓鱼、滑冰、泛舟之类。现在是他最后一次途经总理大道了，在送葬队伍的最前面，躺在那个棺材里。坎特先生想，这车里尚且热得跟烤箱一样，棺材里的温度可想而知。

车里的每个人都沉默不语，直到车子快开到坡顶、经过拐角希德的热狗店时，沉默才被打破。

“他为什么非要去那家脏兮兮的小店里吃东西呢?”贝克曼太太说，“他为什么不能回家吃冰箱里的东西呢？他们怎么能允许这么一家店开在学校对面呢？夏天还开着。”

"伊迪丝，"贝克曼先生说，"冷静点。"

"老妈，"艾伦的表姐梅丽尔说，"孩子们都在那儿买东西吃。他们常去那里。"

"那是个臭水浜，"贝克曼太太接着说，"小儿麻痹症流行季，这么大热天的，像艾伦那么聪明的孩子去那样的地方——"

"够了，伊迪丝。天气很热，大家都知道天气很热。"

"他的学校到了。"贝克曼太太说。那时他们的车子开到坡顶，正要路过坎特先生执教的小学，学校建筑的石头立面苍白暗淡。"有多少孩子像艾伦那样热爱学校？从第一天上学起，他就爱上了那里。"

也许这话是对他说的，因为他是学校的代表。坎特先生说："他是个优秀的学生。"

"还有威夸依克，他本来可以是威夸依克的荣誉生。他已经打算要学拉丁文了。拉丁文！我都想好了给他的昵称，我管他叫'才华小子'。"

"他确实有才。"坎特先生说，一边想到了房间里的艾伦父亲、会堂里的叔叔，以及现在车里的姨母——他们三个之所以情绪激动，都是出于同样的原因：因为艾伦配得上他们的交口称赞。失去这么了不起的孩子，他们一辈子都会悲痛不已。

"如果上了大学，"贝克曼太太说，"他打算学科学。他想成为科学家，治疗疾病。他读了一本关于路易斯·巴斯德[1]的书，关于路易斯·巴斯德怎样发现那些肉眼看不到的细菌的前前后后他都知道。他想成为下一个路易斯·巴斯德，”她说着，规划起永远不可能实现的未来，“可是，”她最后的结论是，“他却要去那个爬满了细菌的地方吃东西。”

“伊迪丝，够了，”贝克曼先生说，“他怎么得的病，在哪儿得的病，我们都不清楚。现在整座城市到处都有小儿麻痹症患者。这是传染病。你所见之处都有小儿麻痹症。他病得很严重，离开了我们。我们就知道这些。其他一切都是空谈。关于他的将来我们一无所知。”

“我们当然知道！”她很愤怒，“那孩子干什么都会出色！”

“好吧，你说得对。我不和你吵。我们还是去墓地吧，体面地给他下葬。这是我们现在能为他做的一切了。”

“还有另外两个男孩，”贝克曼太太说，“上帝保佑他们都好好的。”

“到现在为止他们都还好好的，”贝克曼先生说，“以后也会好好的。战争马上就会结束，拉里和列尼会平安回家。”

“但他们再也见不到他们的小弟弟了。艾伦终究是死了，”她

---

① Louis Pasteur（1822—1895），法国微生物学家、化学家，巴氏杀菌法和狂犬疫苗的发明者。

说，“他再也回不来了。”

“伊迪丝，”他说，“我们都知道。伊迪丝，你一直在叨叨，可你说的大家都知道。”

“由她去吧，老爸。”梅丽尔说。

“但那有什么好处，”贝克曼先生问，“唠唠叨叨个不停？”

“有好处，”女孩说，“对她有好处。”

“谢谢你，亲爱的。”贝克曼太太说。

所有车窗都摇下来了，但坎特先生仍觉得自己身上裹着的不是套装，而是毛毯。送葬队到了公园，右拐到伊丽莎白大街，沿着希尔赛德街，穿过铁路立交桥，就到了伊丽莎白市。他希望很快就能到墓地。他想象如果艾伦在棺材里烤得再久一点，棺材也许会点燃爆炸，就好像一颗手榴弹在里面爆炸，孩子的尸体会炸得灵车和大街上到处都是。

为什么小儿麻痹症只在夏天来袭？站在墓地里，头上只戴了圆顶小帽，他忍不住想小儿麻痹症会不会是夏天的阳光引起的。正午，太阳在头顶铆足劲发力，似乎有足够的力量致人瘫痪和死亡，比起热狗里需要用显微镜才能观察到的细菌，它更可能成为杀手。

盛放艾伦棺木的坟墓已经挖好，这是坎特先生第二次见到敞开的坟墓，第一次见到的是外祖父的，三年前，就在战争开始之前。那时他因为要照顾外祖母而心力交瘁，整个入葬仪式过程中他都紧紧抱着她，以防她双腿瘫软支撑不住。之后，他还照顾了她一段时间，晚上也陪着她，最终说服她每周出去看一次电影，吃一次圣代冰激凌，过了这段时间他才有空想想自己失去的一切。当他们把艾伦的棺材放到墓底时——那时迈克尔斯太太扑向坟墓，哭号着："不要！不要把我的宝贝放在那里！"——死亡向他显现了，它的威力不比圆顶小帽上方不停炙烤的太阳来得弱。

大家和拉比一起诵读哀悼者的祈祷词，赞美万能的上帝，毫无保留、不遗余力地赞美那位允许死亡毁灭一切——包括孩子——的上帝。从艾伦·迈克尔斯的死到大家齐声诵祷上帝赐福的祷文，大约有一天一夜的时间，这期间穿插了艾伦一家对上帝憎恨与厌恶的插曲，因为他给全家带来了痛苦——当然他们也没想到会对艾伦的死做出这样的反应，他们当然也怕惹怒上帝，害怕接下来上帝会把拉里和列尼两个迈克尔斯兄弟也从他们身边夺走。

迈克尔斯一家也许没想到，坎特先生却不得不多想一层。有一点可以肯定的是，外祖父是寿终正寝，所以他当然不敢因为上帝把老人带走而背叛上帝。但如果是因为上帝在艾伦十二岁时用小儿麻痹症把他杀了呢？或者如果是上帝让小儿麻痹症存在呢？

面对如此残酷无情的事实，怎么会有宽恕呢——更别提什么哈利路亚了？如果这哀悼的人群是为了庆祝太阳神的威严，宣称自己是亘古不变的太阳神的子女，就如同我们这个半球上古老的异教徒文明所热衷的那样，围绕着死去男孩的坟墓，沉湎于祭祀太阳的舞蹈仪式，对于坎特先生来说这些似乎远远够不上冒犯——还不如就这样，不如圣化伟大的太阳父神直射的光线，平息他的怒气，而不是臣服于一个至高之主，任由他犯下各种残暴的罪行。是的，我们不如就赞美那不可替代的造物主，赞美他从创世之初就保有我们的生命；我们不如就在祷告中荣耀每天能接触到的、无所不在的那蓝天中的金色之眼，他生来就具备焚毁大地的力量。相反，我们不会咽下这样冠冕堂皇的谎言：在杀害孩子的冷血杀手面前，上帝是仁慈的、恭顺的。要是这样，倒不如去捍卫个人的尊严、人性和价值，更不用说捍卫对每天所发生之事的知情权。

… Y'hei sh'mei raboh m'vorakh l'olam ul'olmei ol'mayoh.

愿他的大名被祝福直到永永远远。

Yis'borakh v'yish'tabach v'yis'po'ar v'yis'roman v'yis nasei

祝福、赞美、荣耀、高举、歌颂、

v'yis'hadar v'yis'aleh v'yis'halal sh'mei d'kud'shoh

强大的、高举的、受到称颂的是圣者之名，

B'rikh hu ...①

愿他被祝福。

在这个孩子墓畔的祷告过程中，吊唁者四呼“阿门”。

送葬车队离开绵延的碑石，从墓园大门驶向麦克莱兰街时，他突然记起来小时候去格罗夫街的犹太墓园扫墓的经历。他母亲葬在那儿，如今外祖父也葬在那儿，将来，他的外祖母，还有他自己，都会葬在那儿。小时候外祖父母每年五月都会带他去扫墓，以纪念他母亲的诞辰。而从童年第一次扫墓开始，他都无法相信自己的妈妈葬在那里。站在恸哭的外祖父母中间，他总觉得自己在玩一个假装母亲存在过的游戏——只有在墓园他才能编造出这样的故事，他曾经有一个妈妈，这是故事的开头。但是，即使他知道每年去扫墓是必须做的最最古怪的事情，他也不会推脱不去。虽然完全不记得母亲，但如果去扫墓是成为母亲的好儿子

① 用阿拉姆语写就的犹太教的哀悼祈祷文。阿拉姆语属闪米特语族，公元前九世纪通用于古叙利亚，后来一度成为亚洲西南部的通用语，犹太人文献及早期基督教文学多以此语写成。

的一部分，那么他就会去，即使那看起来像是空洞的表演。

每当他在墓畔试图唤起适合那个场合的念头时，他就会记起外祖母给他讲的那个关于他母亲和鱼的故事。所有她讲的故事里——那些标准的励志故事，比如多丽丝在学校里有多聪明，她在家里帮了多少忙，小时候她多喜欢坐在店里收银台边，把所收钱款记入收银机，和他小时候一模一样——这个留在了他脑海中。他一直记得这个故事。那是一个春天的下午，离她的死亡和他的出生还远着呢。那时，为了准备逾越节，外祖母要步行穿过埃文大街去鱼贩子那里挑两条活鲤鱼，用桶提回家，养在家里洗澡用的镀锡浴缸里。她会在浴缸里装满水，鱼就在那儿待着，直到被人砍了头尾，刮去鳞片，做成鱼饼冻[①]。那时坎特先生的母亲才五岁大，每天从幼儿园回来，蹦蹦跳跳着爬上楼，看看镀锡浴缸里游动的鱼，很快脱了衣服，爬进浴缸和它们一起玩耍。外祖母每次从店里上楼给她拿点放学后吃的小点心时，都会在那儿找到她。这件事她们都瞒着外祖父，怕他听了会惩罚孩子。即使外祖母告诉了小外孙这个鱼的故事——那时候小外孙也在上幼儿园——他也小心地把这个故事保密不说出来，以免外祖父心烦意乱。在他心爱的女儿死后的头几年里，只有不提起她才能转移失

① Gefilte fish，一种犹太菜肴，用鱼糜加入鸡蛋和面包粉制成。

去她的痛苦。

在母亲的墓畔想起这个故事，对于坎特先生来说也许有些莫名，但除了这个他还能想起什么难忘的事呢？

到下周周末为止，威夸依克校区报道了夏季本市最多的小儿麻痹症病例。操场这片区域新增了多起病例。操场对面的霍布森街上一个叫丽莲·苏斯曼的十岁女孩病倒了，学校对面湾景大街上一户人家六岁的女儿芭芭拉·弗莱德曼也病倒了。她们不常来操场跳绳，不过现在来操场玩的女孩数量连原来的一半都不到，因为小儿麻痹症恐慌已经开始。操场后面的瓦萨尔大街上考普费曼家两兄弟丹尼和麦隆也病倒了。那天傍晚，他听到考普费曼两兄弟的消息，就给他们家打了电话。电话是考普费曼太太接的。他说明了身份，以及打电话的原因。

“是你！”考普费曼太太大叫一声，“你居然还敢打电话？”

“抱歉，”坎特先生说，“我不明白您为什么这么说。”

“你有什么不明白的？你不知道用用脑子，夏天还带着孩子们在暑热里跑来跑去？你不知道不能让他们喝公用饮水池的水吗？你不知道他们大汗淋漓时要看着点他们吗？你知道怎么用上帝给你的这双眼睛，在小儿麻痹症季节看好孩子们吗？不！你一点也不知道！”

“考普费曼太太，我向你保证，我对所有男孩都很关照。”

“那为什么我的两个孩子都瘫痪了呢？我的两个儿子！他们是我的全部！你倒跟我解释看看！你让他们在操场上像动物一样四处跑——你还奇怪他们怎么得了小儿麻痹症！都怪你！都怪你这个玩忽职守、不负责任的白痴！”然后她挂了电话。

他是从厨房给考普费曼家打的电话，那之前他特意把外祖母送下楼，让她和邻居们一起坐在外面，晚餐后他把厨房也收拾干净了。一天的热气还没有消散，室内热得令人窒息。他挂起话筒，汗水湿透了全身。吃饭前他才冲的澡，换上了干净衣服。他多么希望外祖父在他身边，和他说说话。他知道考普费曼太太歇斯底里；他知道她是因为悲伤过度所以才疯狂地指责他；但他真心希望外祖父能在他身边，向他保证事实并非如她所说的是他的错。这是他第一次直接遭遇恶劣的谴责和无节制的仇恨，比在操场上对付那十个凶狠的意大利人更让他灰心丧气。

七点了，外面天还亮着。他沿着外面木头楼梯磨损的台阶下了三层，去和邻居们聊会儿天，再散步去。外祖母正与他们坐在屋前，点了根香茅蜡烛驱赶蚊子。他们坐在折叠沙滩椅上，谈论着小儿麻痹症。老一辈的人，比如外祖母，经历过纽瓦克市一九一六年那场传染病，他们哀叹这么多年来科学界仍未找到治疗疾病的方法，也未提出预防疾病的建议。他们说，瞧瞧威夸依克，和市里其他地区一样干净、一样卫生，却是最严重的疫区。他们还说，有人说要阻止有色人种女清洁工进社区，以防她们把贫民窟的小儿麻痹症病毒带过来。还有人说，据他估计，疾病是通过钱，也就是人们相互传递的纸币传播的。他说，重要的是，碰过纸币或硬币后一定要记得洗手。还有人说，那信件呢？难道信件不会传播疾病吗？有人反驳道，那怎么办？不寄信了？整座城市会停止运转。

六七周以前，他们口里讨论的一直是关于战争的消息。

他听到电话铃从寓所里传来，一定是马西娅从露营地打来的。过去一年中，每个上学日，他们都会在上课时间到走廊上见个至少一两面，然后一起度周末。这是他俩认识后第一次分开那么长时间。他想她，也想斯坦伯格一家。他们从一开始就对他很友好，欣然接受了他。她父亲是名医生，母亲以前是中学英文老师，他们住在戈尔德史密斯大街上一栋高大舒适的房子里，家里还有马西娅的两个双胞胎妹妹，在梅普尔大道小学读六年级。斯坦伯格医生的办公室在伊丽莎白街，离住所只隔了一个街区。在被考普费曼太太扣上玩忽职守的罪名后，他曾想过找斯坦伯格医生聊聊这场传染病，了解更多关于这种疾病的信息。斯坦伯格医生受过良好教育（他的外祖父则不同，书一本也没读过），他说话时坎特先生总是自信地认为自己能理解他的话。他代替不了外祖父——当然，也代替不了他的父亲——但现在他是他最愿意见到的人，也是他最能依赖的人。第一次与马西娅约会时，他问起她的家人，她说她父亲不仅对病人好，而且有一种天赋，使家中每个人都能心满意足，也能公正地解决双胞胎小妹妹之间的争端，对人的品性判断非常准确。“我母亲，”她会说，“叫他‘测量家庭情绪温度的完美温度计’。”她告诉他：“据我所知，没有比我父亲更仁慈的医生了。”

“是你呀！”坎特先生跑上楼对着电话说道，“这儿热得要命。都过了七点了，还是像中午一样热。温度计看起来像被定住了。你还好吧？”

“跟你说点事。有个激动人心的消息，”马西娅说，“埃尔夫·施朗格应征入伍，要离开营地了。他们需要人来顶替。接下来的夏令营他们急需担任滨水区管理员工作的人手。我和布隆巴克先生提起你，把你的所有证书都给了他，虽然他没见过你，但他想雇用你。”

布隆巴克先生是印第安山的拥有者和管理者，也是斯坦伯格家的老朋友。经营夏令营生意前，他是纽瓦克一所创办不久的高中的副校长，也是斯坦伯格太太做老师时的顶头上司。

“马西娅，”坎特先生对她说，“我是有工作的。”

“但这样你就可以远离传染病。我太担心你了，巴基。这么热的天和那些孩子待在市里，和他们离得那么近——就在流行病的腹地。还有高温，日复一日的高温。”

“操场上大概有九十个孩子归我管，到目前为止，他们中只有四个得了小儿麻痹症。”

“对，但是死了两个。”

“在操场上那还算不上是流行，马西娅。”

“我是说算上威夸依克其他地区，在纽瓦克那是疾病感染最严重的区域。甚至还没到最糟糕的八月。到那时威夸依克的病例也许会翻上十番。巴基，求求你了，别干了。你可以来印第安山给孩子们做滨水区管理员。孩子们很棒，同事也很棒，布隆巴克先生人也很好——你会爱上这里的。你可以经年累月地在这儿干下去。每年夏天我们都可以来这儿工作。我们可以像情侣一样在一起，你也安全了。”

“我在这儿很安全，马西娅。”

“你并不安全。”

“我不能辞职。这才是第一年。我怎么可以一走了之，置所有孩子于不顾？我不能离开他们。他们比任何时候都需要我。这是我目前必须做的。”

“亲爱的，你心肠好，是个负责的老师，但那并不等于说操场的暑期项目离开你就无法进行了。我比任何时候都需要你。我非常爱你，非常想你。我害怕你出事。你置自己于危险之中，这对我们的将来有什么好处呢?”

“你父亲一直在医治病人。他一直处于危险中。你会那么担心他的安危吗?”

“今年夏天吗? 是的，感谢上帝，我的两个妹妹来这儿参加夏令营了。是的，我担心父亲，还有母亲，还有所有我爱的人。”

“那么你会期望你父亲打点行囊、抛下病人，就因为小儿麻痹症?”

“我父亲是医生，他选择了医生的职业，医治病人是他的本职工作。但你不同。你的工作是和健康人打交道，和健康的孩子一起，他们可以到处跑，玩游戏，可以玩得很开心。你会成为优秀的滨水区管理员。这儿每一个人都会喜欢上你。你是优秀的游泳运动员，优秀的跳水运动员，也是优秀的老师。哦，巴基，这是千载难逢的机会。而且，”她说着，放低了声音，“在这儿我们可以独处。湖里有座岛。晚上等熄灯后我们可以乘独木舟过去。我们再也用不着担心你外祖母或我父母，还有我的妹妹们在房子周围四处窥探。我们终于可以单独在一起了。”

他想，他可以脱光她的衣服，看着她赤身裸体。他们可以裸着身子在黑暗的岛上独处。因为不用担心周围有人，他可以如其所愿，从容不迫地、如饥似渴地爱抚她。而且他可以摆脱考普费曼一家了。不会再有什么考普费曼太太歇斯底里的控诉，将孩子的小儿麻痹症怪罪给他。他还可以停止憎恨上帝，这种情感一直困扰着他的内心，让他觉得不可理喻。在属于他们的岛上，他可以远离越来越难以承受的一切。

“我不能离开外祖母，”坎特先生说，“她怎么把杂货搬上三楼？她搬东西上楼时胸口会疼。我得在这儿待着。我得洗衣服。我得进货。我得照顾好她。”

“艾因纳曼一家可以照顾她度过这个夏天。他们可以去杂货铺帮忙，可以帮她洗几件衣服。他们一定很乐意帮忙的。她替他们看过孩子。他们都为她着迷。”

“艾因纳曼一家确实是好邻居，但照顾她不是他们的责任，是我的责任。我不能离开纽瓦克。”

“我该怎么跟布隆巴克先生说呢？”

“就跟他说声谢谢，但我不能离开纽瓦克，在这样的非常时期，我不能走。”

“我什么也不会跟他说，”马西娅答道，“我就等着。我给你一天时间考虑。明晚我再给你打电话。巴基，你绝对不是逃避工作职责。在这样的非常时期离开纽瓦克跟懦弱一点关系也没有。我了解你，我知道你在顾虑什么。但事实上你非常勇敢，亲爱的。一想到你有多勇敢，我就激动得两腿发软。如果你来印第安山，你做的事情一样需要尽职尽责。而且你是在履行对自己的另一个责任——快乐。巴基，面对危险要谨慎行事——这是常识！”

“我不会改主意的。我想和你在一起，我每天都想你，但现在我不可能离开这里。”

“但你也必须考虑下自己的幸福。再考虑一晚，亲爱的，求求你，求求你了。”

外祖母正和艾因纳曼一家，还有费舍尔一家坐在外面。费舍尔先生是个电工，他和他太太都快五十了。他们十八岁的儿子是海军陆战队士兵，正要从加利福尼亚乘船去太平洋。他们的女儿是市中心百货商店的售货员，就是坎特父亲以前挪用过公款的那家。坎特先生早上出门上班碰巧遇见她时，总是不可避免会想起那件事。艾因纳曼夫妇很年轻，才生了一个男孩，他们一家就住在坎特家楼下。小婴儿睡在婴儿车里，和他们一起待在外面。自从孩子出生后，坎特先生的外祖母就一直在帮忙照顾他。

他们还在讨论小儿麻痹症，回忆起先前各种可怕的传染病。外祖母回想起那些被要求戴上袖章的百日咳患者。而在疫苗出现以前，市里最吓人的病是白喉。她还记起接种第一批天花疫苗时的经历。接种的地方严重感染了，结果在她右臂上留下一大块凹凸不平的圆形疤痕皮肤。她卷起家居服的半袖，把手臂伸过来给每个人看。

过了一会儿，坎特先生告诉他们他要去散个步，就自行先朝埃文大街的药店走去，在冷饮柜台买了个冰激凌甜筒。他在吊扇下挑了个凳子坐下吃甜筒——还想点问题。他必须满足对他提出的任何要求，当下对他的要求是照顾好操场上有生命危险的孩子们。而且他必须满足这个要求，不仅是为了孩子们，也是出于对那位顽强的杂货商的记忆的尊重，那位杂货商尽管有种种局限，但仍以其粗暴的激情满足了对他提出的每一个要求。马西娅完全错了——对他来说，逃避现在的工作职责比逃到波科诺山和她会合更恶劣。

他能听到远处的警笛声。现在无论白天黑夜，都能断断续续地听到。不是空袭警报的声音——它们每周六的中午才响一次，不会引起过多的恐慌，反倒因表明城市做好应对一切的准备而让人觉得安心。是接送小儿麻痹症患者去医院的救护车的警笛声，尖锐刺耳："别挡路——有人生命垂危！"最近，几家市立医院的铁肺紧缺，需要铁肺的病人被送往贝尔维尔、卡尼、伊丽莎白各市，直到新的一批呼吸器送抵纽瓦克。他只能希望那辆救护车不是去威夸依克地区接他的另一个孩子的。

他开始听到谣言说，如果疫情进一步恶化，市里所有的操场可能都得关闭，以防止孩子们在那儿亲密接触。通常这样的决定由卫生局做出，但市长反对对纽瓦克孩子的暑期生活进行任何不必要的干扰，他自己将做最后的决定。他会尽其所能，让全市的父母安心。据报道，他已经去各个病房探望，并告知忧虑的市民们，市里为确保定期清理公共和私人处所的污秽、灰尘和垃圾，已动用了各种方法。他提醒他们盖紧垃圾桶，加入“灭蝇”运动，修好自家的百叶窗，拍死携带病毒的苍蝇，这些苍蝇在污物中繁殖，从开着的房门或没拉上帘子的窗户飞入室内。垃圾收集次数增加到每两天一次。为了扶持灭蝇运动，那些到居民区确保所有街道的垃圾都已清理的“卫生检查员”会给大家免费分发苍蝇拍。市长企图说服家长们情况一切正常、大体安全。他特别向他们提到，“操场会照常开放。夏天我们市的孩子需要操场。纽瓦克保德信人寿保险公司和纽约大都会人寿保险公司告诉我们，新鲜空气和阳光是消灭疾病的首要武器。孩子们在操场上获得大量阳光和新鲜空气，病毒就无法长时间承受这两者的冲击。最重要的是，”他告诉听众，“把院子和阁楼打扫干净。不要胡思乱想，我们很快就会看到这场灾难的传播速度减缓。你们还要无情地拍死苍蝇。再怎么高估苍蝇干的坏事都不过分。”

坎特先生从埃文大街走到贝尔蒙特街，令人窒息的热气和臭味包裹着他。有南风的日子，走到罗韦和林登两家炼油厂时，空气中会有一股燃烧的酸味，但今晚吹的是北风，空气中明显是哈肯萨克河上流几英里处的锡考克斯养猪场传来的恶臭。坎特先生在街上还没闻过比这更臭的味道。热浪来袭时，纽瓦克似乎连一点干净的空气都没有了，有时这种排泄物的臭味太让人恶心，吸上一口就令人作呕，不得不赶紧逃回室内。大家已经认定小儿麻痹症暴发的原因在于纽瓦克离锡考克斯——他们轻蔑地称其为“哈得孙郡的猪猡首府”——太近，在于那些被污浊空气覆盖了各个角落的建筑导致了病毒的传播。人们在臭气下风口闻到的有毒气体，鬼知道包含了什么成分，总之是腐臭邪恶、传播疫病的混合物。如果他们说的没错，那么在纽瓦克，呼吸这件维系生命的事就变成了危险动作——深呼吸一下，你可能就会死。

然而，尽管夜晚的一切都令人不适，还是有一群男孩骑着咯咯作响的旧自行车，在埃文大街电车轨道间坑坑洼洼的鹅卵石道上全速鱼贯而过。他们扯着嗓门尖叫着：“杰罗尼莫①!”糖果店前有男孩四处跑动互相追逐，也有男孩坐在经济公寓的门阶上抽烟聊天。街灯下，几个男孩在马路中央懒洋洋地相互扔着高飞球。在街角一块空地上，一栋废弃建筑的边墙上挂了一个篮圈，对面小酒馆里几个流浪汉摇晃着进进出出，凭着酒馆的灯光，能看见几个男孩正在练习低手罚球。他经过另一个街角，见一些男

① Geronimo（1829—1909），印第安民族英雄。相传二战时期，美军伞兵在一次行动之前观看了一场关于杰罗尼莫的故事片，为了鼓舞士气，大家相约跳伞时大喊“杰罗尼莫”，这也成了现在民间跳伞的一个传统。

孩正围着一个信箱，其中一个蹲在信箱顶上，真假音变换着唱歌逗乐同伴们。还有全家人在太平梯那儿露宿的，大开的收音机拖着一根加长电线插在室内插座上。更多的人家聚集在两栋房子中间阴暗的小巷里。他散着步，经过经济公寓的居民，看见女人们用纸扇扇风，扇子是当地一家干洗店免费送给顾客的。他还看见下了班的工人们穿着无袖汗衫坐着聊天，只言片语中他一遍又一遍听到的字眼当然是“小儿麻痹症”。似乎只有孩子们能够考虑点别的事情。只有孩子们（孩子们!）的表现才让人觉得，至少在威夸依克以外的地方，夏天仍然是无忧无虑的冒险。

无论在社区的街道上，还是在药店的冰激凌柜台那边，他都没有碰到和他一起长大、一起打球、一起上学的伙伴。到如今，除了少数几个和他一样的 4-F——要么有心脏杂音，要么足弓下陷，要么和他一样有近视，他们都在军工厂工作——其他人都应征入伍了。

坎特先生穿过霍桑大街上来往的车辆来到贝尔蒙特大街，街上几家糖果店的灯还亮着，能听到几个沿街闲逛的男孩交谈的声音。从那儿他径直朝伯根街走去，到了威夸依克区富人居住的几条小路那边，那片街区在斜坡边上，坡底是威夸依克公园。最后来到戈尔德史密斯大街。只有真正到了那里，他才意识到自己并不是漫无目的地转来转去，而是在炎热的夏夜穿越半个城市专门去了马西娅家。也许他只是想看看这栋耸立在其他大砖房中间的大砖房，想想她，然后转身离开，照原路返回。但在街区附近转了一圈后，他发现自己离斯坦伯格家门口只有几步远了，他打定主意，径直走上石板路，按了门铃。正对前草坪的是封闭式的门廊，门廊上有一把长摇椅，马西娅和他每次看完电影后回来都会坐在上面亲热，直到她母亲在楼上好心地问巴基是不是该回家了。

斯坦伯格医生开了门。现在他知道为什么自己会从巴克利街上的经济公寓一路闲逛过来，还呼吸着这恶臭的空气了。

“巴基，我的孩子，”斯坦伯格医生张开双臂微笑着说，“真是个惊喜。进来，快进来。”

“我去买冰激凌，结果散步散到这儿了。”坎特先生解释道。

“你想你女朋友了，”斯坦伯格医生笑着说，“我也是，我想我的三个女儿。”

他们穿过屋子来到屋后的门廊，同样是封闭式的，对着斯坦伯格太太的花园。斯坦伯格太太去了他们海边的避暑别墅，医生说周末他也会过去。巴基，喝点冷饮？斯坦伯格医生问。冰箱里有新鲜的柠檬汽水。他可以给他来一杯。

坎特先生跟着外祖父母在三居室的三楼公寓里长大，小时候就梦想着能住上像斯坦伯格家这样的房子：大面积的独栋别墅，有多个宽敞的大厅，房子中间有楼梯通往楼上，有多间卧室，不止一个卫生间，还有两个封闭式的门廊，每个房间的地毯都铺满整个地板。窗帘不是伍尔沃斯百货零售商店里的遮光窗帘，而是木质的软百叶窗。而且在房子背后，还有一个花园。除了小时候外祖母带他去过的威夸依克公园里有名的玫瑰园，他以前从未见过开满花的花园。公共的玫瑰园归园委会管理；他以前一直以为，所有花园都是公有的。如今在纽瓦克一户家庭的后院见到开满鲜花的私家花园，他感到十分新奇。他自家的后院铺的是水泥，到处都是裂缝豁口，几十年来，社区的孩子把几个口子剥落的水泥块撬松了用来做飞弹，要么凶巴巴地朝巷子里的猫身上扔，要么闹着玩似的扔向路过的车子，或者生气时就往对方身上扔。公寓里的女孩子在后院跳格子，除非男孩们把她们赶出去玩纸牌接龙游戏。后院还乱七八糟地堆着各家破烂不堪的金属垃圾桶，晾衣绳在头顶上方纵横交错，像垂下来的一张网，绳子从每家公寓后窗的滑轮上拉出来，系在破旧院子另一头的一根日晒雨淋的电线杆上。在他还很小的时候，每当外祖母探身到窗外晾晒一周的衣物，他就站在旁边给她递晾衣夹。有时他会从噩梦中尖叫着惊醒，他梦到晒床单时她探出窗台太远，从三楼的窗子摔了下去。在外祖父母决定如何以及何时告诉他母亲死于分娩这件事以前，他曾想象过她就是这么摔死的。在他成熟到能够理解和处理真相之前，他就是这样理解后院的所有意义的——它是死亡之地，是一个埋葬深爱他的女人们的长方形小墓园。

但现在一想到斯坦伯格太太的花园，他心中就充满了喜悦，这花园让他想起他最珍惜的关于斯坦伯格家的一切，包括他们的生活方式，他还想起慈祥的外祖父母无法给予而他私下却渴望得到的一切。他从不懂铺张浪费，一栋不止一个卫生间的房子让他觉得简直是奢华生活的顶点。虽然没有在传统意义上的家庭中成长，他却一直有着强烈的家庭观念，所以有时候当他和马西娅在房子里独处时——这样的情况很少，因为她两个活泼的妹妹经常在家——他会想象他们俩已经结婚，而这所房子，这个花园，这个井井有条的家，还有足够用的卫生间，这所有一切都属于他们。他在他们家感到轻松自在——但对他来说，到过这里似乎就已经是奇迹了。

斯坦伯格医生拿着柠檬汽水回到门廊上。门廊里一片昏暗，只有一盏灯在椅子旁亮着，斯坦伯格医生之前坐在那儿读晚报，抽烟斗。他拿起烟斗，点燃火柴，反反复复吸吐几口，折腾了几下，直到烟草重新燃着。烟草浓郁的香味稍微冲淡了一点从锡考克斯养猪场弥漫开的臭味。

斯坦伯格医生身材清瘦，反应机敏，个头偏矮，嘴唇上方留着浓密的胡子，戴一副眼镜，镜片很厚，不过比坎特先生的薄些。他的鼻子最具辨识度：上部弯曲呈鹰钩状，鼻尖那儿却是平平的，而且鼻梁骨像被切割过的钻石那样——简而言之，这是民间传说中才有的那种巨大的、弯弯曲曲的鼻子，是几百年来，尽管面临各种可以想象到的困难，每个犹太人都未曾停止塑造的鼻子。他经常笑，笑的时候这鼻子的不规则最明显。他非常友善，和其他尽职的家庭医生一样，当他拿着病历本踏入候诊室时，所有病人的表情都亮了起来——每当他带着听诊器出现，病人都特别乐意由他诊治。他身上自带一种权威，马西娅却喜欢他半玩笑半严肃地称病人为“老师”。

“马西娅跟我说你班上有几个男孩去世了。我很难过，巴基。小儿麻痹症患者的死亡率通常没那么高。”

“到目前为止，已有四个患病，两个死了。是两个男孩。读小学，都是十二岁。”

“你身上的担子可不轻，”斯坦伯格医生说，“要照顾所有男孩，尤其是这种时候。我当了二十五年医生了，每当病人去世，即使是因为年龄大了才去的，我也会感到沮丧。这场传染病一定给你带来很大的压力。”

“问题是，我不知道允许他们打球这件事到底是对还是错。”

“有人说你错了吗？”

“对，得病的两兄弟的母亲说过。我知道她歇斯底里，也知道她是因为沮丧才大发脾气，可知道了也没用。”

“医生也会遇到这种情况。没错——人会因为极度痛苦而变得歇斯底里，在面对疾病的不公时，他们会破口大骂。但打球不会让孩子们得病。病毒才会。我们可能对小儿麻痹症了解不多，但这一点我们知道。整个夏天到处都有孩子在外面疯玩，甚至在传染病暴发期间也只有很少一部分染病，病重的孩子比例很小。死亡的也很少——死亡是由呼吸系统麻痹引起的，这种情况相对少见。孩子头痛不见得会患上小儿麻痹症。所以不夸大危险很重要，我们要照常生活。你不要内疚。有时候这是正常的反应，但就你的事来说，这不合理。”他颇有意味地拿烟斗柄指指他，告诫这个年轻人，“事情还没有根据时我们会过于苛责自己。错位的责任感会让人疲惫不堪。”

“斯坦伯格医生，情况会变糟吗？”

“传染病会自动消退。当下发生了好多事，我们必须时刻关注局势，等等看疾病短时间内是否会消失。通常绝大多数病例是五岁以下的孩童。这是一九一六年的情况。至少在纽瓦克，我们看到这次暴发的模式有些不同。但这并不意味着这种疾病会永远在这座城市肆虐下去。据我所知，目前还没有必要感到恐慌。”

听了斯塔伯格医生一番话，坎特先生松了一口气，几周来绷紧的弦放松了。在整个纽瓦克，包括他家的公寓房——甚至包括他教体育课的总理大道小学的体育馆地板——没有一个地方比斯坦伯格家封闭式的后门廊让他觉得更安心，而斯坦伯格医生就在他身旁，坐在柳条软椅上抽着用旧了的烟斗。

“为什么威夸依克的传染病情况最严重?”坎特先生问，“怎么回事?”

“我不知道，”斯坦伯格医生说，“没人知道。小儿麻痹症还很神秘。这一次它的发作比较缓慢。一开始主要是在包铁区，后来就在全市蔓延了，接着突然在威夸依克安顿下来，然后又匆匆离开。”

坎特先生给斯坦伯格医生讲了东区高中意大利人的事，讲他们怎么从包铁那边开车过来，又怎么在操场入口的人行道上吐满口水。

“你做得对，”斯坦伯格医生告诉他，“用氨水把路面冲洗干净。这是最好的办法。”

“但我杀死小儿麻痹症病毒了吗，如果有的话?”

“我们还不知道怎么消灭小儿麻痹症病毒，”斯坦伯格医生说，“我们不知道携带小儿麻痹症病毒的载体是什么，关于它怎么进入人体的问题仍存在争论。但重要的是，你清理了那堆不干净的东西，还通过负责的态度让孩子们放心。你展现出的能力和镇定——这是孩子们必须看到的。巴基，现在发生的事情吓到你了，但坚强的人也有害怕哆嗦的时候。你应该明白，我们中的许多人，虽然年长你许多，疾病的经历也比你多得多，但我们对此也会感到害怕。作为医生却不能阻止这场可怕疾病的蔓延，我们所有人都不好受。任何成年人都很难接受这种主要攻击儿童并导致部分儿童死亡的致残疾病。你有良心，有良心是可贵的品质，但如果因为这良心开始让你觉得你要为远超责任范围的事情而受到责备，那么它就不可取了。”

他本来想问：上帝不是有良心吗？他的责任感在哪儿？或者他没有任何限制吗？但相反他问的是：“操场应该关闭吗？”

“你是管理员。你觉得呢？”斯坦伯格医生问道。

“我没什么主意。”

“如果不能去操场玩耍，孩子们还能干什么呢？待在家里？不会的，他们会去其他地方打球——街上、空地上、公园里。把他们从操场上赶走并不会阻止他们聚在一起。他们不会在家待着的——他们会在街角的糖果店周围一起闲逛，打打弹球机，相互推搡着玩。无论你告诉过他们多少次不要喝别人的苏打汽水，他们还是会那么做。有些男孩会烦躁不安，百无聊赖，他们会干点过火的事情，惹麻烦上身。他们不是天使——他们是孩子。巴基，你做的事没有让事态变糟。相反，情况变好了。你做的事很有用。你在为小区的福祉做贡献。社区生活照常进行很重要——

否则，不仅是病人和他们的家属会成为受害者，威夸依克本身也会成为受害者。你照看着操场上的孩子，让他们尽情玩耍，这样就能避免恐慌情绪。不能把他们送到别处，让他们失去你的监管。也不能把他们锁在房子里，让他们充满恐惧。我不赞成吓唬犹太孩子，也不赞成吓唬犹太人，就是这样。欧洲人才吓唬犹太人，所以犹太人逃走了。这里是美国。恐惧越少越好。恐惧让我们怯懦。恐惧让我们失去尊严。培养人们少一些恐惧——这是你我的职责。”

远处又传来警笛声，朝着西区医院那边去了。花园里只有尖叫的蟋蟀和舞动的萤火虫，还有各种各样芳香的花朵，它们的花瓣聚集在封闭式门廊外边。斯坦伯格太太远在海边，八成是斯坦伯格医生晚饭后给它们浇的水。坎特先生坐在柳条沙发上，前面是柳条咖啡桌，玻璃台面上放了一碗水果。斯坦伯格医生拿起一个水果，让坎特先生自便。

他朝那只美味可口的桃子咬下去，桃子又大又好看，和斯坦伯格医生之前从碗里拿的那只一样。这样一位通情达理的人陪着他，他很安心，很有安全感，他慢慢吃着桃子，品味每一口香甜，直到吃到核为止。他把桃核放进垃圾桶，接着，完全没有准备却再也按捺不住地，他向前倾了倾身子，把黏糊糊的双手往膝间紧紧一夹，说道：“我想征得您的同意，先生，我想和马西娅订婚。”

斯坦伯格医生大笑起来，把烟斗举到空中，似乎那是一件战利品。他站起来，跳了几步。“同意!”他说，“我真是太高兴了。斯坦伯格太太也会很高兴的。我马上给她打电话。你也要说几句，亲自告诉她这件事。哦，巴基，这简直是太棒了！我们当然同意。马西娅再也找不到更好的人选了。我们家多幸运啊!”

听到斯坦伯格医生说自己家幸运，坎特先生吃了一惊，他也兴奋不已，脸颊发红，跳起来和斯坦伯格医生热诚地握手。在这之前，他从未打算在新年到来前把订婚的事告诉任何人，想等过年时手头稍微宽裕点再说。他一直在存钱，计划给外祖母买个煤气炉，淘汰掉她现在厨房烧饭用的煤球炉。他算了下，如果十二月之前不用买订婚戒指的话，就能存够钱。不过，她那慈祥的父亲给他的宽慰，以及后来他们在屋后门廊上一起享用的那些美味桃子，都促使他当场提出订婚的请求以征得同意。他之所以这么冲动，是因为知道，斯坦伯格医生只要一出现，似乎就能回答别人无法回答的问题：到底发生了什么事？我们怎么才能摆脱困境？刺激他的还有纽瓦克夜里此起彼伏的救护车警笛声。

第二天早上的情况是有史以来最糟糕的。又有三个男孩因为小儿麻痹症病倒了——雷欧·范恩斯沃格，保罗·李普曼，还有我，阿尼·梅斯尼科夫。一夜之间操场上得病的孩子从四个变为七个。前一晚他和斯坦伯格医生听到的警笛声很可能是送他们去医院的救护车发出的。那天早上，那些戴着手套来操场准备玩一整天球的孩子告诉他又多了三起病例。平常工作日他会安排两场球赛，在操场两角的两个棒球场各安排一场。但那天早上手头孩子人数不够，无法组成四支队伍上场。除了那些生病的，有六十几个人没来，显然他们忧心忡忡的父母不让他们过来。他把剩下的人集中到学校后围墙那边的木头看台处，对他们说：

“孩子们，很高兴在这儿见到你们。今天又是一个大热天——相信你们已经感受到了。但这并不意味着不去场上打球，而是说要采取一些预防措施，以防你们玩过头。每隔两局半我们就到阴凉的地方休息下，就在看台这里，休息十五分钟。休息时不要到处乱跑。每个人都要遵守。中午到下午两点这段时间最热，我们就不玩垒球了。球场也不开放。你们去玩玩跳棋，下下国际象棋，打打乒乓，或者在看台上坐着聊聊天，休息时带本书或杂志读读……这些都可以。这是我们新的日程安排。我们要尽可能度过一个美好的夏天，但像今天这么热的天，我们做什么都要克制一点。天气虽然炎热，但没有人会中暑的。”在最后关头他用了“中暑”一词，没有提“小儿麻痹症”。

孩子们没有抱怨，完全没有怨言。他们很严肃地听着，点头表示同意。自从传染病开始以来，这是他第一次感觉到他们的恐惧。他们所有人都认识前一天病倒的孩子中的一个或另一个。他们以前并没有意识到这种疾病威胁的实质，现在却通过这样的方式最终明白自己也可能染上小儿麻痹症。

坎特先生组了两支十人的队伍，开始第一场比赛。还有十个人没上场，他告诉他们准备好替补上场，第一次十五分钟的休息时间过后，五个人替补一支球队中的队员，另五个替补另一支球队，以这种方式来完成这一天的垒球活动。

“怎么样?”坎特先生说，用力拍拍手，“今天和往常一样，我希望你们都出来打球。”

他没有亲自上场，而是决定一上午都陪那十个等着轮流上场、看起来闷闷不乐的男孩坐着。女孩们经常聚在主球场后面的校道上玩耍，夏天每个工作日的早上都有十来个女孩在那儿集合，坎特先生发现今天只来了三个。那三个孩子的家长显然是想让她们离开家附近，以免接触到其他那些原来在操场上玩耍的孩子。没出现的女孩也许和社区里一些孩子一样，被送到市外亲戚家避风头去了，或者为了远离危险，被匆匆送往泽西海岸，置身于海边有免疫作用的干净空气里。

两个女孩甩绳，另一个跳——再没有其他人抖着两条小细腿，准备跟着她冲进跳绳里。跳绳女孩叽叽喳喳的大嗓门那天早上传到了看台那边。而那些爱说笑话、俏皮话、整天喋喋不休的男孩子，现在却无话可说了。

K，我叫 Kay（凯）

我丈夫叫 Karl（卡尔）

我们来自 Kansas（堪萨斯）

我们带回 kangaroos（袋鼠）

最后坎特先生打破了长时间的沉默。“你们的朋友有生病的吗?”他问他们。

一些人点点头，另一些低声说了句“有”。

“我知道这对你们来说很难。非常难。我们只能期望他们恢复健康，早日回到球场。”

“他们可能要永远戴着铁肺生活。”波比・芬克尔斯坦说道。他很害羞，是他们中最安静的一个。在艾伦・迈克尔斯的葬礼上，他在会堂台阶上见到的那几个穿正装的男孩，他是其中之一。

“是有可能，”坎特先生说，“但那是因为呼吸系统麻痹，而且很少见。他们更可能会康复。这种病来势汹汹，会造成很大的伤害，但还是有康复者的。有时候是局部康复，更多时候是痊愈。大多数病例相对较轻。”他的语气很权威，是从斯坦伯格医生那儿学来的。

“他们可能会死。”波比继续着话题，过去他可不这样抓住话题不放。大多数时候他似乎更愿意听那些外向的男孩讲话，但是这事就发生在他朋友身上，他忍不住不开口。“艾伦和赫比死了。”

“是会死，”坎特先生承认，“但概率很低。”

“对艾伦和赫比来说概率不低。”

“我的意思是，从整个市区、整个小区来看，概率很低。”

“那对艾伦和赫比来说一点用也没有。”波比强调道，声音颤抖。

“没错，波比。没错。是没什么用。他们的遭遇太可怕了。对所有男孩来说，发生的事情太可怕了。”

这时看台上另一个男孩说话了，是肯尼·布鲁门菲尔德。不过他状态不佳，说出来的话令人摸不着头脑。他又高又壮，头脑灵敏，口齿伶俐，已经十四岁了，在威夸依克中学读二年级。和在场大多数男孩不同，他很成熟，在得失的问题上能避免感情用事。他和艾伦曾是球场上的小头头，大家总选他做队长，他手长脚长，击出的球距离最远——但正是肯尼，这个年纪最长，个头最高，最成熟懂事的男孩，这个外表和心智都很成熟的男孩，正紧握双拳击打着大腿，泪水顺着他的脸流下来。

坎特先生走到他的座位旁坐下。

肯尼流着泪，声音已经沙哑：“我所有的朋友都得了小儿麻痹症！我所有的朋友不是会变成残废，就是会死掉！”

坎特先生把手放在肯尼肩上作为应答，什么话也没说。球场上两支球队正拼得火热，很明显边线上会有一场恶战。他记起斯坦伯格医生提醒他不要夸大危险，可是他又觉得肯尼说得对。他们每一个人，球场上看台上的男孩，还有跳绳的女孩，他们都是孩子，而小儿麻痹症专挑孩子下手，它会席卷此地，把他们全毁了。每天早上我都发现又有几个人没来。除了关闭操场没有其他办法能阻止疾病。但甚至关闭操场也没用——最终它会在每个孩子身上得逞。整个社区注定劫数难逃。即使有孩子侥幸活下来，也不可能安然无恙。

然后，不知怎的，他想起前一晚在斯坦伯格家后门廊吃的那只桃子来。他几乎能感觉到桃汁滴落在手上，这是他第一次为自己担惊受怕。令人惊讶的是，他将这份恐惧抑制了这么久。

他看到肯尼·布鲁门菲尔德为患小儿麻痹症的朋友流泪，突然想逃离这群孩子，逃离这份工作，逃离不断意识到的持续的危险。正如马西娅所希望的那样，逃离。

但事实上，他只是在肯尼身边安静地坐着，直到他停止哭泣。接着他告诉他："我等会儿回来——我要上场打会儿球。"他下了看台，走上球场，对三垒手巴里·米特尔曼说："别在太阳底下待着了，去阴凉处躲躲，喝点水。"他接过巴里的手套，站上三垒的位置，用指关节使劲擦了擦手套虎口。

到这一天结束的时候，场上每个位置都被坎特先生打了个遍，就为了给两队孩子休息的机会，让他们在阴凉处等上一局，以免受热过度。他不知道还能做些什么来阻止小儿麻痹症蔓延。在外场的位置上时，为了不被太阳照得眼花，他不得不把手套举到棒球帽上方，下午四点的阳光，其灼热程度丝毫不亚于正午时分的热力。令他吃惊的是，离他不远的校道上还能听到那三个被太阳炙烤着的女孩的声音。她们仍在狂热地跳着绳，仍旧随着心脏怦怦跳的节奏兴奋着。

S，我叫 Sally（萨莉）

我丈夫叫 Sam（萨姆）……

差不多五点的时候，男孩们进入当天最后一场比赛的最后一局——守场员的 Polo 衫浸满了汗水，已经被扔到一边的柏油路上，击球位置上的几个男孩也光着上身——坎特先生听到球场最中心处传来响亮的叫喊。是肯尼·布鲁门菲尔德，他正跟贺拉斯怄气。中午过后坎特先生曾在长凳边上看到过贺拉斯，不一会儿工夫就不见了他的人影，他记不起来还在哪儿见过他。可能他又去社区里逛了一圈才回到操场。他随意走上球场，找一个球员，在旁边站着不说话，一动不动，这次他选择了两支队伍中最高大的男孩肯尼。先前是肯尼一反常态地为朋友的悲惨遭遇啜泣不已，现在又是他一反常态地对贺拉斯破口大骂，挥舞着手套威胁要把他赶走。肯尼不仅个子最高，脱了上衣，明显也是最壮的。相比之下，贺拉斯身上松松垮垮耷拉着夏天常穿的那件半袖 T 恤，下身是条肥大的松紧带棉质长裤，脚上一双早已过时的棕白色网面休闲鞋，整个人看起来营养不良，瘦弱憔悴。他驼着背，双腿细长，两只胳膊如牵线木偶的一般干瘦，从身子两侧无力地垂下，似乎一捏就会断成两半，像在膝盖上折断棍子一样容易。他看上去一受惊吓就会送命，更别提受肯尼那样体格的男孩一拳了。

坎特先生立马从长凳上起身，全速跑到外场，所有打球的，还有看台上的孩子都和他一起跑了过去，校道上那三个女孩也不跳绳了，似乎整个夏天还是第一次发生这种事。

“把他撵走！”肯尼——那个所有孩子中最成熟懂事的，从未因失控而受到坎特先生指责的肯尼——在大喊大叫，“快把他撵走，不然我杀了他！”

“怎么了？发生什么事了？”坎特先生问。贺拉斯垂着头站在那儿，泪珠滚下双颊，嚎啕大哭，从他喉咙深处发出某种类似于收音机信号的声音——一种尖细的痛苦的杂音。

“他真臭！”肯尼尖叫道，“他浑身上下都是屎！见鬼，快撵走他！就是他！就是他身上携带了小儿麻痹症病毒！”

“肯，冷静点。”坎特先生说。他试图抓住男孩，但他拼命挣脱开。现在他们周围站满了两支球队的队员，几个男孩跑上前抓住肯尼的胳膊，想把他从训斥贺拉斯的地方拖开，他转身用拳头揍他们，他们都跳开了。

“我才不要冷静！”肯尼大喊，“他内裤上都是屎！手上也都是屎！他也不洗洗，脏死了，他还要让我们跟他握手，那就是他传播小儿麻痹症的方法！他就是让大家残废的人！他就是杀死大家的人！快滚开。你！滚！开！”他再次拿起手套在空中乱挥，好像在躲避一条疯狗的攻击。

坎特先生在好不容易避开肯尼胡乱挥舞的双臂的同时，设法挤进两人中间，一边是歇斯底里的肯尼，另一边是承受他怒火、吓坏了的贺拉斯。

“贺拉斯，快回家吧，”坎特先生悄悄告诉他，“回家找爸爸妈妈。该吃晚饭了，该吃饭了。”

贺拉斯确实很臭——非常臭。坎特先生又重复了一遍他的话，可贺拉斯还是不停地哭呀哭呀，一句话也不说。

“来，贺拉斯。”坎特先生向他伸出手。贺拉斯没有抬头，无精打采地拉住坎特先生的手，然后坎特先生就和他尽情地握起手来，就像前一晚他在斯坦伯格医生答应他和马西娅的订婚请求后和他握手时一样。

“你好，贺拉斯，”坎特先生小声说，上下晃动着贺拉斯的手，“你好，伙计。”这次花的时间比平时长了点，但后来，就如同过去贺拉斯慢慢踱到球场上某个球员身边时一样，握手仪式起作用了。他冷静下来，向球场出口走去。是回家还是去哪里，没有人知道，也许他自己也不知道。所有听到肯尼怒吼的男孩，看到贺拉斯独自蹒跚着走到向阳的那堵墙那边时，都离他远远的，而女孩们则尖叫起来：“他到我们这边来了！那个傻蛋在追我们!”她们拿起跳绳跑向总理大道的车流，天色已近傍晚，她们跑得飞快，不想见到那个衰到家的傻蛋。

为了让肯尼冷静，坎特先生叫他留下来帮忙把运动设备收拾到地下的储藏室里，其他男孩则回家了。之后，坎特先生边走边和肯尼轻声交谈，沿着斜坡送他回到汉斯伯里大道的家中。

“每个人的负担都很重，肯。你不是社区里唯一一个感到小儿麻痹症的压力的人，”他告诉他说，“一头是小儿麻痹症，一头是这天气，大家都无计可施。”

“但他在传播疾病，坎特先生。我敢肯定。我不该失去理智，我知道他是个白痴，但他太脏了，他正在传播小儿麻痹症。他到处走动，口水流得到处都是，和什么人都要握手，他就是这样到处传播病毒的。”

“首先，肯，我们不知道传染源。”

“我们知道。污秽物，灰尘，还有大便。”肯尼说，他的火气又上来了，“他身上都是污秽物、灰尘，还有大便，他就是在传播疾病。我知道的。”

在肯尼家门前的人行道上，坎特先生紧紧抓住他的肩膀，肯尼则厌恶地颤抖了一下，马上挣脱了他的双手，喊道：“不要碰我！你才碰过他！”

“进屋吧。”坎特先生说。他仍然神情自若，可也向后退了一步。“洗个冷水澡。喝杯冷饮。冷静下，肯。明天操场上见。”

“你怎么对传播疾病的人视而不见呢，就因为他无依无靠！他不是无依无靠——他是个危险人物！你不明白吗，坎特先生？他连怎么擦屁股都不知道，所以是他把病传给大家的！”

那天晚上，他看着外祖母给他准备晚饭，好奇母亲如果能幸运地再活五十年，会变成什么样子——年老体弱，弯腰驼背，骨质疏松，头发早已变白脱落，只剩下薄薄的一层，臂弯处的皮肤松弛老化，下巴那里垂下一块肥肉；早上关节疼痛，傍晚时脚踝又会浮肿、莫名地抽痛，长满老年斑的双手皮肤像半透明的纸一样，白内障遮蔽、模糊了视线。至于皱巴巴的脖子上的那张脸，布满了细细密密网格状的皱纹，纹路之精细不像岁月这把杀猪刀的成果，倒像是出于精雕细刻之手——一个造诣极高的能工巧匠用一根刻针或者编蕾丝的工具，把她塑造成这世上典型的老态龙钟的外婆形象。

母亲越长越像外祖母，这是他看过很多照片后得出的结论。当然，他首先注意到的是，他和母亲也长得很像，尤其是从外祖父母卧室写字台上那幅装裱过的照片来看。那是她十八岁从南区高中毕业时照的，在一九一九届毕业生年鉴里。巴基读小学时常翻看这本年鉴，那时他开始发现班上的男孩不和外祖父母生活在一起，他们都有妈妈、爸爸，他觉得那才是“真正的家庭”。当大人们向他投去让他鄙夷的眼神时，他最能明白自己在这世上的地位多么不稳定，那是他很熟悉的怜悯的眼神，因为有时候老师也用这种眼神看他。这种眼神的意味再清楚不过：要不是他母亲年迈的双亲插手，他的下场就是被送去隔壁克林顿大街上那栋四层楼高的红砖建筑。它的外面围了一圈黑色铁栅栏，鹅卵石压花玻璃窗上装了铁格栅，重重的木门上镶着一颗白色的以色列六芒星，宽宽的门楣上刻着在他看来最凄凉的六个大字：希伯来孤儿院。

虽然外祖母说，卧室写字台上那张毕业照完美捕捉到了母亲善良友好的特质，让她看起来栩栩如生，但他最喜欢的却不是那张。因为她的裙子外面套了件黑色学位袍，一看见它，他就难过，仿佛照片上的袍子是不祥之物，是裹尸布的先兆。然而，当外祖父母在楼下的杂货铺忙活，他一个人在家时，他偶尔会溜进他们的房间，用指尖拂过玻璃相框，划出母亲脸部的轮廓，似乎玻璃不见了，那张脸就活生生的在那里。他这么做，非但不能感受到他思念的人，相反却真切地感受到她的不在场，他只在照片里见过她，从未听过她喊他的名字，也从未沐浴在她母性的温暖中。他的母亲没有照料过他的起居，没喂养过他，没有哄过他睡觉，没有陪他做过家庭作业，没有陪伴他成长，也没有见到他成为家中第一个大学生。但他能大言不惭地说小时候没有得到过宠爱吗？为什么一位慈祥的外祖母就不如一位母亲，她的温柔不够令人满足吗？应该够他满足的了，但私底下他觉得不够——他暗自为抱有这种想法感到羞愧。

过了这么久，坎特先生突然觉得，上帝不单单是让小儿麻痹症在威夸依克地区肆虐，二十三年前，上帝还让他的母亲——那个从高中毕业才不到两年，比他现在年纪还轻的姑娘——在分娩时死去。以前他从来没有那样思考过她的死。从前，因为外祖父母无微不至的照顾，他一直觉得出生时失去母亲是上天注定，外祖父母把他养大也是她死后的自然结果。因此他父亲赌博、偷盗，这也是上天注定，不可能有其他的结果。但既然他不再是小孩，他就能够理解上帝才是安排一切事物的主导。如果不是上帝，不是因为上帝的本意，许多事情就会有其他的结果。

他不可能和外祖母坦白他的想法，她和外祖父一样，遇事不大会深思熟虑。他也不打算和斯坦伯格医生讨论这件事。虽然医生善于思考，但他同时也是虔诚的犹太教徒，如果得知坎特先生因为小儿麻痹症这场传染病转变了思想，他也许会生气。他不想伤害斯坦伯格家任何人，尤其是马西娅。对她来说，赎罪日是崇敬的源泉，也是祈祷的时刻，每年那三天她和家人都会毕恭毕敬地参加会堂的仪式活动。斯坦伯格家珍视的东西，他也会尊崇，当然也包括他们共同信仰的宗教，即使他和外祖父一样——对他来说，责任就是宗教，宗教却不是责任——对宗教漠不关心。而且对他来说，要做到完全尊重别人一直很容易，直到他发现自己被激怒的那一刻，因为所有患小儿麻痹症的孩子都死了，包括考普费曼家那对无药可救的兄弟。激怒他的不是意大利人，也不是苍蝇、信件、牛奶、钱币、锡考克斯养猪场的臭味、无情的太阳，或者贺拉斯，更不是恐慌疑惑的人们解释传染病的形成时提到的各种不太可能的原因，甚至不是小儿麻痹症病毒。激怒他的是病毒的源头，病毒的制造者——创造了病毒的上帝。

“你没把自己搞垮吧，尤金?”吃过晚饭，他正在洗碗，外祖母坐在桌旁小口喝着冰水。“你急匆匆跑去操场，”她说，“急匆匆去孩子家家访，星期天你还急匆匆跑去参加葬礼，晚上你又急匆匆跑回家帮忙。也许这个周末你应该消停一下，不要在这么热的天气里跑来跑去。不如乘火车去海滨度周末。把事情放到一边，休息一下。躲开这儿的高温，离开操场，去游游泳。会大有好处的。”

“这倒是个想法，外婆，不错的想法。”

“艾因纳曼一家可以照应我，等你星期天晚上回家时，一定容光焕发。这场小儿麻痹症搞得你精疲力竭。这对任何人都没有好处。”

吃晚饭时他和她说起操场上新增三起病例的事，说一会儿等几个家长从医院回来他要给他们打电话。

这时，在离家很近的地方又响起了警笛声。这有点非同寻常，因为据他所知，在斯普林菲尔德、克林顿、贝尔蒙特三条大街围成的整个三角居住区里，只有三到四起病例发生。他们这片儿是全市发病率最低的。他和外祖母住在三角地带的南端，这里的租金比起在威夸依克时低了一半，到目前为止只有一起病例。病人已成年，三十岁，在码头做装卸工。而在威夸依克地区，因为有五所小学，仅在七月的头几个星期，就发生了超过一百四十起病例，而且所有患者都是十四岁以下的孩子。

是的，当然——海滨，他班上很多孩子已经和他们的母亲逃到那里，打算住到夏天结束。他知道在布拉德利比奇有一套出租房，花上一美元就可以在地下室租张折叠床。木板栈道那边有个大盐水泳池，他可以从泳池的高跳板上跳水，可以跳上一整天；晚上可以沿栈道漫步到阿斯伯里帕克，在游乐中心要上一盘炒蛤蜊，一杯根汁汽水，挑张面向大海的长凳坐下，然后看着涌过来的波浪，幸福地饕餮大餐。还有什么能比这更能远离纽瓦克正流行的小儿麻痹症呢？对他来说，还有什么比夜晚黑沉沉、涨潮的大西洋更令人振奋呢？自战争开始后，这个夏天是人们第一次认为附近水域不再有德国潜艇的威胁，入夜以后也不再有德军从水上登陆。宵禁也取消了，而且——虽然海岸警卫队还在海滩上巡逻，沿海还设有碉堡——整个泽西海岸再次有了万家灯火的景象。这意味着德军和日军正遭受重挫，在战争开始近三年后，美国的战火开始消停。这还意味着他大学时代最要好的两个兄弟，大块头杰克·贾荣兹克和戴夫·雅各布斯，只要在欧洲再挨过几个月的战事，就可以安然无恙地返回家园。他想起马西娅很喜欢的那首歌：“我会见到你，在所有熟悉的老地方。”他想，总有一天，他会在所有熟悉的老地方见到杰克和戴夫。

他至今仍惭愧的是，不能和他们一起参军，但这一切他无能为力。他们俩最后成了空降兵，从飞机上跳下投入战斗——这正是他想要做的，也是他的目的。大约六周前，盟军登陆日的黎明时分，他们加入了一支庞大的伞兵部队，在诺曼底半岛德国防线后方着陆。坎特先生与他们的家人一直保持联系，他得到消息，虽然盟军在登陆战中死伤惨重，但他俩幸免于难。他还有一张盟军进军路线的战略地图，从中他推算出，六月下旬时他们很可能会投入夺取瑟堡[①]的激烈战斗。每天晚上，坎特先生的外祖母都会把艾因纳曼家读完的《纽瓦克新闻》捎回来，坎特先生读报时，头件事就是寻找能找到的关于美军在法国作战的一切消息。接着他会读报纸头版的“每日小儿麻痹症快报”专栏，紧邻专栏上方是一行印刷的隔离标识：“新泽西纽瓦克卫生局：严禁入内。该户确诊一例小儿麻痹症。对任何不遵守当局检疫隔离法则法规，或未经当局允许擅自移除、涂改或破坏隔离标识的，将处以五十美元的罚款。”当地的电台也会实时播报每日确诊病例，让纽瓦克民众能及时了解市里的新增病例数和地点。今年夏天到目前为止，人们所听到或看到的都不是他们希望获知的，即疫情趋缓，而是新增病例数一天比一天多。这些数字当然会让人沮丧、

① Cherburg，法国西北部港口城市，海军基地。

恐惧、萎靡不振，因为它不像我们惯于在广播里听到的或在报纸上看到的，只是冰冷的数字，它关系到我们自身。它不是房屋的位置定位，不是人的年龄数，也不是某双鞋的明码标价。这些可怕的数字记录了一场可怕的疾病的发展，波及纽瓦克十六个行政区，和实战中的伤亡或失踪人数一样有影响力。因为这也是一场真正的战争，充满了屠杀、毁灭、损失和非难，也具备了一般战争的破坏性——一场针对纽瓦克孩子的战争。

是的，他当然可以自己在海滨待上几天。事实上，夏天开始时他也那么打算过——马西娅不在，他就每周末去海滨，白天跳水，晚上去阿斯伯里帕克品尝最喜爱的海鲜。虽然折叠床所在的地下室阴暗潮湿，公共浴室的水不够热，床单、毛巾上都是沙子，但跳水是他除了标枪以外最喜欢的运动。两天的跳水至少可以帮助他暂时摆脱对患病孩子的过度关注，平息因肯尼·布鲁门菲尔德那次歇斯底里的暴发而引起的心中不安，也许还可以消除他对上帝的怨恨。

外祖母和邻居们还在外面，他刚收拾完，穿着无袖汗衫和短裤在桌边准备坐下再喝杯冰水时，马西娅来电话了。斯坦伯格医生答应坎特先生让他自己和马西娅说订婚的事，那之前，他和太太不会告诉马西娅关于订婚的任何消息。所以打来电话的马西娅对前一天晚上发生在她家后门廊上的对话一无所知。她打电话来，是想说她爱他，她想他，想知道他是否决定来营地接替埃尔夫·施朗格做滨水区管理员。

“我该怎么答复布隆巴克先生?”她问。

“就说好的。”坎特先生说。听到自己表示同意，他自己也吃了一惊，程度不亚于那时请求斯坦伯格医生把女儿嫁给他。“告诉他我会过去。”他说。

然而他本来是一心要听外祖母的劝告，去海滨待上一个周末，恢复元气后再生龙活虎地回来继续工作的。如果杰克和戴夫能在盟军登陆日那天空降到纳粹占领的法国地区，并一路挺进瑟堡，攻克最难对付的德军，以此协助盟军登陆滩头阵地，那他自然也可以在小儿麻痹症流行之时，直面管理总理大道小学操场的危险。

“哦，巴基，”马西娅喊了出来，“太棒了！我了解你，所以怕你会不答应。哦，你要过来了，你就要来印第安山了!”

“我得给奥加拉打个电话，告诉他这件事，他得安排人接替我的工作。奥加拉负责所有操场的监督管理。可能要耽搁几天。”

“哦，快去吧!”

“我得亲自和布隆巴克先生谈谈工资待遇。我要付租金，还得照顾外祖母。”

“我肯定薪水不是问题。”

“而且我还得和你谈谈订婚的事。”他说。

“什么？你说什么？”

“马西娅，我们要订婚了。所以我才接受那份工作。昨晚在你家你父亲已经同意了。我就要去营地了，我们就要订婚了。”

“我们吗？”她大笑起来，“按照惯例不是应该先问问姑娘家吗，即使是像我这样没脾气的姑娘？”

“是吗？这事我以前没干过。那你愿意做我的未婚妻吗？”

“当然愿意！哦，天哪，巴基，我太幸福了！”

“我也是，”他说，“幸福极了。”那一刻，幸福让他几乎可以忘记自己对操场上孩子们的背叛，忘记自己因为上帝残忍迫害威夸依克无辜的孩子们而对上帝的愤怒。在和马西娅说订婚的事时，他几乎可以把目光转向别处，迎头拥抱平日所过的安定、满足、可以预期的日常生活。但挂上电话，他的理想摆在他面前——外祖父在他心中培养的关于诚实与力量的理想，和杰克、戴夫共同拥有的关于勇气与牺牲的理想，年幼时自己心中萌发的关于远离走歪门邪道的骗子父亲的理想，这些理想要求他作为一个男人，立刻改弦易辙，回到约定要履行的工作中去度过剩余的夏天。

他怎么能做出刚才的举动呢？

早上他把运动装备从仓库里取出，组织了两支球队，只有二十人不到，大家开始打垒球比赛。接着他回到地下室，在办公室给奥加拉打电话，告诉他本周末他就离职去波科诺山的一个夏令营做滨水区管理员。那天早晨，在出发去操场之前，他听到电台里播报了市里的二十九例新病例，其中十六例在威夸依克。

“你是今天早上的第二个，”奥加拉说，“裴莎恩街小学操场的那个犹太人也不干了。”奥加拉上了年纪，面容疲倦，挺着一个大肚皮，脾气很差。他负责管理市里的操场已有年头了，一战期间在中央高地足球队的出色表现仍是他人生的巅峰。他的鲁莽无礼并不伤人，不过却令坎特先生不安，让他觉得心里有鬼一样，幼稚地为自己的决定遍寻托词。奥加拉的鲁莽脾气和外祖父的很像，可能都是在第三区街头的艰苦环境中养成的。当然，外祖父是他最不愿意想起的人，因为他没有服从自己的真心。他宁愿想想马西娅，斯坦伯格一家，还有他的将来。但这会儿操着爱尔兰口音的“外祖父”将宣布判决。

“我在营地顶替的家伙入伍了，”坎特先生回答说，“星期五我必须出发去营地。”

“你大学毕业才一年我就给了你这么一份美差，这就是我的回报。你要明白，你要这样的把戏并不能赢得我的信任。你要明白，像这样在七月弃我于不顾，以后我不可能再雇用你了，坎瑟[1]。”

“坎特。”坎特先生纠正他，他们谈话时他总是要做纠正。

“我不管有多少人去了军队，”奥加拉说，“我不喜欢做事半途而废的人。”接着他又加了一句，“尤其是那些还没有入伍的人。”

“很抱歉我要走了，奥加拉先生。还有，”他说，语气比他预期的更尖锐，“很遗憾我没有入伍——比你想象的还要遗憾。”更糟的是，他又说了一句，“我得走了。我别无选择。”

“什么？”奥加拉反驳说，“你别无选择，是吗？你当然有选择。你现在做的就是选择。你选择逃离小儿麻痹症。你签了一份工作，接着小儿麻痹症出现了，接着就让工作见鬼去吧，让承诺见鬼去吧，你拼命逃，逃得飞快。坎瑟，像你这样肌肉发达的世界冠军，你所做的不是别的，是逃跑。你是个机会主义者，坎瑟。我可以说得更难听一点，但那已经够了。”接着，他厌恶地重复道，“机会主义者。”仿佛这个词代表了每一种可能使人蒙羞的堕落的天性。

“我的未婚妻在营地。”坎特先生无力地回答。

---

① 原文为Cancer，有“癌症”之意。

“你和总理大道小学签约时未婚妻就在营地了。”

“不不，那时还不是未婚妻，”他急着回答，似乎奥加拉会因此改观，“这周我们才订的婚。”

“行，什么事你都有理由。就像裴莎恩的那个家伙。你们犹太年轻人把理都说光了。不，你们不蠢——但奥加拉也不笨，坎瑟。好吧，好吧，如果城里有人肯接你的班，我会找他接替你的位置的。还有，好好在那什么小孩营地和你女朋友快快活活地烤棉花糖吃吧。”

这和他想象中的一样伤自尊，但事情已经发生了，也已经过去了。他要做的，只是在操场上再待三天，确保不染上小儿麻痹症。

二　印第安山

他从未去过波科诺山，也没到过新泽西和宾夕法尼亚间的任何西北乡村小镇。火车在山林农田间穿行，他觉得自己不是在跨州旅行，而像是踏上了一场更伟大的征程。沿途完全陌生的风景带给他一种史诗般的感觉，这种感觉他在以前少有的几次火车经历中也曾体验过——包括乘泽西线去海滨的那次——似乎一个崭新未知的未来即将展开。他看到了特拉华水峡，一条河流分开了新泽西州和宾夕法尼亚州，河水奔腾着穿过山脉，十五分钟后，他到了斯特劳兹堡。峡谷的景象让旅程显得更有张力，也令他确信——不可否认，这种确信毫无来由——没有什么破坏者可以跨越这么巨大的天然屏障，就为了抓住他。

这是自三年前外祖父去世后，他头一次把外祖母留给别人照顾超过两天，也是他头一次离城过夜超过一两晚。数周以来，头一次他没有陷入关于小儿麻痹症的各种思考。他仍为那两个死去的男孩感到悲痛，想到其他患病的孩子可能会残疾时依然郁结于心，但他不觉得自己在危急灾难面前畏缩不前，也不觉得别人可以更热情地完成他的工作。他用所有的精力和聪明才智，全心全意地应付着一场毁灭性的挑战——直到他选择放弃挑战、逃离在传染病下苟延残喘的热都、逃离那座救护车的警笛声此起彼伏的城市。

在斯特劳兹堡站，印第安山派来的司机卡尔正在营地的老式旅行车里等他。卡尔个子很高，有一张娃娃脸，秃顶，举止腼腆。他来镇上买点储备物资，顺道来火车站接巴基。巴基和卡尔握手时，心里首先想到的是：他没有患小儿麻痹症。他发现这儿很凉快。即使在阳光下也很凉快！

他把行李包放在旅行车后面，离开了小镇。他们穿行在怡人的大街上，两旁是两层和三层的砖房——临街的一层用来开店，楼上是办公室——接着车子朝北开去，开始慢慢爬坡，道路弯弯曲曲，渐渐进到山区里面。沿途有几个农场，他看见草地上的奶牛、马匹，偶尔也瞧见拖拉机上的农夫。筒仓和谷仓到处都是，还有矮矮的铁丝栅栏，农村特有的信箱，一个个竖在木桩上。这儿什么都有，唯独没有小儿麻痹症。车子在坡上开了许久才到坡顶，突然一个急转弯，从柏油路转到一条狭窄的泥路上。路口竖了一块木头标牌，上面刻着“印第安山营地”几个大字，下面一幅图上画着一个印第安人睡的圆锥形帐篷，周围是一圈火苗——旅行车车身上也有同样的标志。穿过树林，在泥巴路的硬脊上颠簸了大约几里路后——卡尔告诉他，这条坑坑洼洼的蜿蜒小路是为了阻止其他车辆进入印地安山营地而故意留下的——他们进到一个椭圆形的开放式绿地，那是露营地的入口。这种感觉就像他和杰克、戴夫一起进入鲁珀特体育场观看纽瓦克熊队在每赛季头一个周日的两场联赛一样，从昏暗的体育场通道走向通往座位的明亮走道——那藏匿在城市最丑陋的地段、修剪整齐的一大片广阔草坪一览无余。但球场四面都有围墙。这里是完全开放的空间。风景一望无际，比起熊队的主场场地，这里是更赏心悦目的避难所。

椭圆形草地中间竖着一根金属柱子，上面飘着一面美国国旗，有营地标志的旗子比国旗稍低一点。附近还有一个圆锥形帐篷，大约十二到十五英尺高，几根长支撑杆从最高处的洞眼里伸出来撑起帆布。灰色的帆布顶上装饰了两排之字形闪电图案，靠近底部有一条波浪线，那一定是用来象征山脉的。帐篷两边各有一根饱经风霜的图腾柱。

从椭圆形绿地沿着小坡向下是一个波光粼粼的巨大湖泊。木板船坞沿着湖岸展开，相互间隔大约五十英尺，其间有三个木码头向湖面伸出几百英尺远；两个码头的末端装了跳水台。这一定就是他要管理的供男孩使用的滨水区了。马西娅曾告诉他湖水全是天然泉水，听起来像是世界奇观的名字：天然泉水——也是“没有小儿麻痹症”的另一种说法。他穿着白色的短袖衬衫，系着领带，从旅行车上下来，从胳膊和脸上可以感觉到，虽然阳光依然猛烈，可空气甚至比斯特劳兹堡的还要凉爽。他把旅行包扛在肩上，沉浸在重新开始的喜悦中，这是一种获得新生的兴奋和狂喜——一种“我活着！我活着！”的心潮澎湃。

沿着一条泥巴小径，他走到一间矮小的原木建筑前，屋子俯瞰湖泊，是布隆巴克先生的办公室。卡尔坚持要开车帮巴基把行李送到一个叫“科曼切”① 的小木屋，那儿是巴基和营地年龄最大的几个十五岁男孩，还有他们的辅导员的住所。男孩或女孩营地里的每一间小木屋都以一个印第安部落命名。

他敲了敲纱门，受到屋主人的热情接待。屋主人是个瘦高个，脖子很长，喉结很大，脑门晒得黝黑，上头纵横交错着几缕灰白头发，应该快六十了。然而，穿着卡其布短裤和营地 Polo 衫的他显得强壮而健康。马西娅曾告诉巴基，一九二六年，他太太去世时，布隆巴克先生还很年轻，之后他放弃了纽瓦克西区中学副校长这份前途大好的学校工作，用太太家族的钱买下这个营

① Comanche，现主要居于美国俄克拉何马州的印第安人。

地，为了有地方教授两个年幼的儿子印第安部落文化，而他是在夏天户外旅行时喜欢上这种文化的。儿子已经长大，参军去了，而布隆巴克先生一年到头忙着经营营地、指导职员干活、拜访新泽西和宾夕法尼亚的犹太家庭，以招募更多的年轻人来夏令营。他土里土气的办公室——和建筑的外表一样，也由粗原木建成——里面有五件完整的印第安人头饰，依次挂在办公桌后面那堵墙上作为装饰；另一面墙上挂满了营地队员的集体照，还有几个放满书的书橱。布隆巴克先生说，所有书都跟印第安人的生活和文化有关。

“这是‘圣经’，”他告诉巴基，递给他一本厚厚的书，书名是《丛林知识大全》，“它给了我灵感。还有这本。”他又递过去一本，这本更厚，名叫《丛林印第安人协会手册》。巴基接过来顺从地翻了翻，里面印着钢笔画的蘑菇、鸟和五花八门的树叶，他一个也认不出，看到有一章的标题是“所有男孩都应该知道的四十种鸟类”，让他不得不接受这样一个现实：作为成年人，他却只认识其中两种。

“这两本书是所有营地经营者的灵感源泉，”布隆巴克先生告诉他，“欧内斯特·汤普森·西顿一手创办了印第安主题的野营活动。他是一位伟大而有影响力的导师。‘成为男子汉，’西顿说过，‘是教育的首要任务。我们在户外的所有追求，一言以蔽之，就是成为男子汉。’这些书不可或缺。它们始终高举人类的英雄理想，把印第安人当作野外生活和丛林知识的伟大预言家，只要他们的方法有用就加以利用。它们还效仿印第安人设计了关于勇气的入会测试，认为自制力是一切力量的基础。西顿表示‘最重要的是成为英雄’。”

巴基点点头，同意这些事情很重要，尽管他从未听说过西顿。

“每年八月十四日，营地会举办一场印第安主题庆典来纪念西顿的生日。是欧内斯特·汤普森·西顿将二十世纪的野营活动变为我国最了不起的成就之一。”

巴基又点点头。“我想读读这些书，”他边说边把书递还给布隆巴克先生，“它们听上去很不一般，尤其是在教育小男孩方面。”

“在印第安山，它们对教育男孩，还有女孩都很有价值。我建议你读读。等你安顿下来，可以来找我借。它们是世纪初出版的无价之宝，那时还是泰迪·罗斯福当政，全国上下都在倡导一种户外生活方式。年轻人，你真是及时雨。”他说，“我认识斯坦伯格医生一家一辈子了。如果是他们替你作担保，对我来说就足够好了。我会安排一位辅导员带你参观下营地，还会亲自带你去滨水区看看，让你认识下那里的每一个人。他们都很期待你的到来。在滨水区我们有两个教学任务：教会小孩子水上运动技巧和水上安全事项。”

“布隆巴克先生，我在潘瑟读书时学习过这两方面的内容。在总理大道小学教体育课时，安全是我首先考虑的问题。”

“暑期这几个月家长将孩子托付给我们照顾，”布隆巴克先生说，“我们的工作是不辜负他们。十八年前我买下这个营地，至今在滨水区还不曾有过一起事故。一起也没有。”

“相信我，先生，我会把安全放在第一位的。”

“没出过一起事故，”布隆巴克先生认真地重复了一遍，“滨水区管理员是营地中责任最重的职位之一。也许是责任最重的。一起因疏忽造成的水上安全事故可以毁了整个营地。不用说，每个来野营的孩子都会配备相应级别的水上陪练员，他们必须一起下水、出水。在每次游泳前后以及游泳期间的间歇，都要检查陪练员在不在。单独游泳可能会有生命危险。”

“我认为自己是个负责任的人，先生。请相信我，我会确保每个野营孩子的安全。请放心，我知道陪练员很重要。”

“好的，他们还在吃午饭，”布隆巴克先生说，“今天吃通心粉和奶酪。晚饭是烤牛肉。在印第安山每周五晚饭都是烤牛肉，有时限量有时不限量。来，我们去餐厅，给你弄点吃的。另外，这是营地的 Polo 衫。把领带脱掉，这个套在衬衫外面，我们吃午饭去。埃尔夫·施朗格留下了床单、毯子，还有毛巾。你可以用。每周一有人来取脏衣物。”

Polo 衫和布隆巴克先生身上那件一样：前面是营地的名字，底下是火苗围着的圆锥形帐篷。

从布隆巴克先生湖边办公室门口的木板栈道走几步就到了餐厅。那是一个木头搭建的大亭子，四面敞开，挤满了营地的孩子，女孩子和她们的辅导员围坐在主通道一边几张圆桌旁，男孩子和辅导员在另一边。外面是温暖的太阳——一个看上去和蔼可亲而不是凶狠恶毒的太阳，它是孕育万物的造物主太阳，是好脾气的光明之神，造就了丰饶的大地母亲——湖面波光闪闪，七月万物生长，一片绿意盎然。关于自然他知之甚少，就如同他刚才不认识那些鸟一样。餐厅里人声鼎沸，孩子们的吵闹声在开阔的大厅里回荡着，喧闹的场景让他想起自己是多么喜欢和孩子们在一起，以及为什么热爱这份工作。他几乎已经忘记了那种乐趣是什么样的，在那艰难的几个星期里，他要提防危险，却无能为力。这些孩子都很快乐、精力充沛，不用面对什么残酷的隐形敌人的威胁——只要有成年人小心看管，他们就可以免遭不幸。幸运的是，他再也不用目睹恐惧和死亡发生而束手无策，他又回到了无忧无虑、身体健康的孩子们中间。这儿的工作他完全可以应付。

布隆巴克先生让坎特先生一个人吃午饭，说等他吃完了再碰头。餐厅里没有人知道或在乎他是谁——孩子们和辅导员们一样，边吃饭边忙着愉快地交谈。同一个小木屋的室友有说有笑，有些餐桌上响起歌声，仿佛他们不是早饭后隔了几个小时见的面，而是久别重逢。他在搜寻马西娅所在的桌子，也许她还没注意到他。昨晚他俩在电话里商量过，等他在小木屋安顿好，着手滨水区的工作时，应该早就过了午餐时间，他来餐厅要到晚饭时间了。

找到她的桌子时，他欣喜若狂，不得不抑制住站起来喊她名字的冲动。事实上，在操场的最后三天，他以为再也见不到她了。自从他答应来印第安山工作，他就确信自己会染上小儿麻痹症，失去一切。但她就在那儿，这个引人注目的黑眼睛女孩，一头浓密的黑色卷发因为夏天剪短了——自然的、真正的黑色并不多见，马西娅的发色算其中之一。他们初次见面是在上个秋季学期的迎新会上，那时的她一头迷人的披肩秀发。那天下午她就把他迷住了，过了一段时间他才敢在面对面时直视她的眼睛，而不是远远地朝她行注目礼。后来见她自信满满地走在班级队伍最前面，领着安静的学生穿过走廊，进入礼堂，他再一次为她倾倒。孩子们叫她斯坦伯格小姐，这令他着迷。

现在她的皮肤晒成了深褐色，和他一样穿着白色的营地

Polo 衫，对比之下她姣好的容貌显得更黝黑了，尤其是那双眼睛，虹膜显得比任何人的都更黑、更圆，那两个黑褐色的同心圆只有在梦里才出现。她比以前更漂亮了，看上去不像辅导员，倒更像是野营的孩子。她不怎么像那些衣着优雅的一年级教师，二十二岁的外表已经透露出老到的职场人士的沉着冷静。他注意到她粉嫩的小鼻头上一点白色的软膏，猜想那大概是用来治晒伤或者毒藤引起的皮疹。然后他想到了最令人振奋的一点：这就是你在这儿需要担心的，这就是你需要提醒孩子们的——毒藤！

在餐厅里的一片嘈杂中没法吸引马西娅的注意。他举了好几次手，即使举得老高，还挥舞了几下，她都没看见。接着他看到了马西娅的双胞胎妹妹，希拉和菲莉丝。她们坐在一块，离马西娅有几张桌子远。她们现在十一岁了，长得和姐姐一点也不像，满脸雀斑，卷曲的淡红色长发，两条腿骨瘦如柴，鼻子已经变得和父亲的一样，个头也快赶上马西娅的了。他朝她们挥挥手，但她们和邻座的女孩聊得太起劲，也没有注意到他。从遇到希拉和菲莉丝的那一刻起，他就完全被她们征服了。她们表现出的活力、聪慧和激情，甚至那不怎么漂亮的外表，都吸引着他。我的余生都要和这二位打交道，他心里盘算着，这样的未来图景带给他无与伦比的快乐。我们会组成一个大家庭。接着，他突然想起赫比和艾伦。他们死了，就因为在纽瓦克度夏，而希拉和菲莉丝，这两个几乎和他们一般大的孩子，却活得好好的，因为她们的夏天在印第安山度过。还有杰克和戴夫，他们在法国某地与德军作战，而他却和所有兴高采烈的孩子一起，安然地待在夏令营这个欢闹的乐园里。令他吃惊的是，生活的差异竟如此巨大，面对环境的压力时人们竟如此无力。上帝在这一切中扮演了什么角色呢？为什么他会安排一些人在纳粹占领的欧洲，手握步枪，另一些人却在印第安山的餐厅，面前一盘通心粉和奶酪呢？为什么他会把威夸依克的孩子安置在夏日小儿麻痹症肆虐的纽瓦克，另一些孩子却在波科诺山这个绝佳的庇护所呢？对于一个曾经通过勤勉和努力来找到所有问题的答案的人来说，当下有太多问题无法解释：究竟为什么会发生这样那样的事？

“巴基！”双胞胎姐妹发现了他，从远处喊他的名字，声音分贝比嘈杂声还高。她们站在桌旁，挥舞着手臂。“巴基！你来啦！万岁！”

他也挥了挥手臂应答，双胞胎开始兴奋地指向姐姐的座位。

他笑着动动嘴皮：“知道，知道。”同时双胞胎也朝马西娅大喊：“巴基来了！”

马西娅起身环顾四周，他也站了起来，她终于看到他了，用双手给他抛了个飞吻。他得救了。没有被小儿麻痹症打败。

下午他去了滨水区，看看情况。辅导员是一群十七岁的高中生，还没到入伍的年纪，正在给营员进行各种游泳训练和体锻。他在潘瑟时修了“游泳和跳水教学”的课程，所以对这一切都很熟悉。看起来他接手了一份好差事，工作环境也好得没话说——滨水区边边角角都料理得妥妥帖帖，船坞、码头、跳水台、跳板都维护得很好，水也晶莹透亮。沿着湖边，树木茂密的小山陡峭地耸立着。营员的木屋隐藏在近岸边的矮山丛中，餐厅一头接着女孩们的帐篷，另一头是男孩们的。大约一百码开外有一个树木繁茂的小岛，上面长满了倾斜的树，树皮呈白色。这一定就是马西娅和他提过的可以幽会的小岛。

她在布隆巴克先生办公室的秘书那儿给他留了便条：“在这儿见到我未来的丈夫，我简直不敢相信自己的眼睛。我可以九点半动身。我们在餐厅外面见。就像孩子们常说的：‘我被你迷得七荤八素。’M.”

最后一节游泳课结束了，营员回到小木屋准备享用周五的晚餐和随后的电影，巴基独自留在滨水区，为刚刚过去的几个小时，也为能待在这些无忧无虑、活力四射的孩子身边而感到高兴。他一直在水里了解辅导员和他们的工作情况，还辅导孩子们划水和换气，所以没有机会登上高跳板跳水。但是整个下午他都念念不忘，好像跳一回水才会有真正到了这里的感觉。

他沿着狭窄的木码头走到高跳板那里，取下眼镜放到梯脚边。接着，他摸索着爬上跳板。往外看，他能看清到跳板边缘的那段距离，但除此之外，就什么也看不清了。小山、树林、白色的小岛，甚至连湖泊都消失了。跳板上只有他一人，他几乎什么都看不见。天很暖和，他身上也很暖和，除了网球的击球声和远处营员投掷马蹄铁或打桩时偶尔发出的金属碰撞声，四周一片寂静。他吸了一口气，没有新泽西锡考克斯养猪场的臭味。他把肺里装满波科诺山干净无害的空气，接着向前跃了三步，起跳，盲目地飞腾起来，控制好身体的每个部位，做了个简单的燕式跳水动作入水，就在那一刹那，他的手臂划破水面，垂直潜入冰凉清澈的湖水深处。

下午五点三刻，他和同屋的男孩一同往食堂门口走去时，有两个营员从一群正鱼贯而入的女孩和她们的辅导员中间脱离出来，开始喊他的名字。是斯坦伯格家那对双胞胎女儿，她们长得太像了，即使走近了，他也无法分清楚。“希拉！菲莉丝！”他喊道，她们冲进他的怀抱。“你们俩看起来迷人极了，”他说，“看看你们晒得有多黑。你们又长高了。真讨厌，都快和我一般高了。”“比你还高！”她们大叫着，在他身上扭来扭去。“哦，可别那么说，”巴基笑着说，“拜托，你们还没长那么高呢！”“你要表演跳水给大家看吗?”她们中的一个问道。“到目前为止还没人跟我提过呢。”他回答说。“我们要你表演!给全营地的人看看!你在空中做的那些扭在一起的和后空翻的动作。”

两个姑娘在几个月前见过他跳水。那是个周末,恰逢阵亡士兵纪念日,斯坦伯格家邀请他同去迪尔海滨的避暑别墅。他们一起去了海滩上的游泳俱乐部,斯坦伯格一家人都是俱乐部的会员。那是他第一次跟他们家一起过夜,一旦他摒弃自己的不安,不去想像他这样背景的人该跟他们这些受过良好教育的人说点什么,他就发现,马西娅的父母真是再和善友好不过了。他还记得在游泳池的矮跳板上教双胞胎那些平衡和起跳的基本技巧时所获得的乐趣。一开始她们很胆怯,不过到了傍晚,他已经教会她们从跳板上直体跳了。在她们眼里,那时候的他就跟偶像明星一样,一有机会她们就把他从姐姐身边抢走。她们也让他着迷,斯坦伯格医生赞赏地称她们是他的“平分秋色二人组”。

“我很想你们两个。”他对双胞胎说。“你会待到夏天结束吗?”她们问。“当然。”“因为施朗格先生去部队了?”“对啊。”“马西娅说的,一开始我们还以为她在说梦话。”“能待在这儿,我也觉得像做梦一样,”巴基回答说,“过会儿见。”为了向同屋伙伴炫耀,她们凑上去在他嘴唇上热情地吻了一下。后来跑向餐厅入口时,同样为了显摆,她们喊道:“我们爱你,巴基!”

他和科曼切小屋的辅导员唐纳德·卡普罗一起吃饭，卡普罗十七岁，是田径爱好者，高中时扔过铁饼。巴基跟他说他会投标枪，唐纳德说他把运动器械都带来营地了，一有空他就到女孩营地后面的空草地上练习。八月的印第安主题盛大庆典活动就在那块空地上举行。他想知道巴基是否可以过来看看，给他指点指点。“当然，当然。”巴基说。

“我下午看到你了，”唐纳德说，“从我们小木屋的门廊可以看到湖。我看到你跳水了。你是跳水竞技运动员吗？”

“我会一些基本的专业跳水动作，但我不打比赛。”

“我一直没学会跳水。总是犯各种可笑的错误。”

“也许我可以帮帮你。”巴基说。

“真的？”

“如果我有空，当然可以。”

“哦，太棒了。谢谢。”

“我们把错误动作一个个纠正。你可能只需要纠正一些小错误就行了。”

“我没占用你的时间吧？”

“没。如果我有时间，就是你的了。”

“再次感谢，坎特先生。”

他朝餐厅女孩坐的一边看去，试着找马西娅，却引起斯坦伯格家双胞胎中一个的注意，后者拼命地朝他挥手。他笑了笑，也朝她挥挥手，意识到不到一天的工夫自己已经摆脱了有关小儿麻痹症的心事，除了几分钟前和唐纳德说话时想到艾伦·迈克尔斯。虽然唐纳德比艾伦大五岁，已经有六英尺高，可他们俩长得都很英俊，肩膀宽，身型瘦，腿又长又结实，都渴望找个教练帮助提升自我。像艾伦和唐纳德这样的孩子，似乎立刻就能感觉到他对体育教学的热情，以及他在需要时能够给予他们信心的能力，他们很快就会成为他的学生。如果艾伦还活着，他很有可能会长成像唐纳德·卡普罗这样的青少年。如果艾伦还活着，如果赫比·斯泰因马克还活着，巴基很有可能不在这里，家里也不会发生那些不可思议的事。

他和马西娅泛舟湖上——以前他从未乘过独木舟，马西娅给他示范怎么划桨，他看了看，划了几下就会了。他们缓缓驶进黑暗，小岛比他在滨水区看到的要狭长得多。到了岛边上，他们又绕去了另一边，把小舟拖上岸，拉到一小丛树林深处。从他们在餐厅外碰碰手，匆匆到女孩滨水区，从架子上悄悄取下一叶独木舟开始，他们几乎没有说过话。

没有月亮，也见不到星星，除了山边岸上几间木屋的灯光，四下一片漆黑。餐厅里有烤牛肉大餐——唐纳德·卡普罗正当胃口大开的年纪，一片接一片大口吞咽着多汁的红肉，这会儿大一点的孩子正在娱乐室看电影，所以从营地传来的唯一的声响就是远远的电影原声。近处是青蛙乐队在胡乱弹奏，远处则是每隔几分钟隆隆的雷鸣。他们穿着卡其布短裤和营地的Polo衫，独自在树木丛生的小岛上，颇具戏剧效果的雷鸣根本没有削弱这一刻的重要意义，也没有削弱因为单薄的衣着而引起的感官刺激。他们裸露着胳膊大腿，相互靠得很近，所以即使在黑暗中他也可以清楚地看到她。几天前的一个晚上，马西娅一个人乘独木舟到岛上，用手扒走去年秋天堆积起来的落叶，清出一块空地，为他们的约会做准备。

岛上四周树丛密布，并不完全是他先前在滨水区见到的白色，树皮四周有黑色的裂痕，似乎是鞭刑过后留下的伤疤。一些树干压弯了或折断了，一些长得几乎有两倍高，另一些从上到下参差不齐地裂开到一半，还有一些因为风雨肆虐或病虫灾害的缘故已经完全断开。仍旧完好的那些如此的纤细优雅，他用手指就能将它们中的任意一棵轻易包拢，就像他玩笑似的把马西娅的大腿紧握在自己十根粗壮的手指里一样不费吹灰之力。那些保存完好的树，上层的枝桠和垂下的细枝覆盖在空地上方，形成一个由锯齿状叶子和纤细的拱形枝干构成的网格穹顶。这真是个完美的藏身之处，以前他们在斯坦伯格家的前门廊上搂着脖子亲嘴，试图掩盖那些易于辨识的象征着性兴奋和性高潮的声音时，就幻想有这样一个与世隔绝的地方。

“这些是什么树?”他问道，用手碰了碰其中一棵。他突然莫名其妙地害羞起来，就像在教职工聚会上第一次被介绍给她时那样，他发现自己行动笨拙，脸上的表情也是做作、可笑得很。她伸出小手要和他握手，吓了他一跳，糊里糊涂地不知道怎么应付那只手——她的娇小玲珑让他心猿意马，甚至想不起来怎么跟她打招呼。外祖父曾教导他不要对自己能力范围外的事想入非非，和一个体重可能还不到一百磅的女孩打招呼简直是天方夜谭，因而那次见面对他来说异常尴尬。

“桦树，”她说，“是白桦——白桦树。”

“有些树皮剥落了。”他随手从树干上剥下一块薄薄的银色树皮，递给黑暗中的她看，仿佛他们是远足的孩子。

“印第安人用白桦树皮做独木舟。”她告诉他说。

“对啊，”他说，“桦树独木舟。我从来没想到那就是树名。”

电影的声音从水面飘过来，含混不清，远处的雷声，附近的蛙鸣，还有湖那边什么东西敲打着泳池船坞或码头的砰砰声，他们耳中回荡着各种声响，互相之间却不说一句话。当他意识到那砰砰声可能是布隆巴克先生乘另一叶独木舟来追他们时，他的心跳加快了。

“这里怎么没有鸟？”他憋出这么一句。

“有啊。只是鸟儿晚上不叫而已。”

“不叫还是叫？”

“哦，巴基，”她悄悄地向他恳求，“我们真的要这样继续下去吗？脱我的衣服，拜托了。现在就把我的衣服脱掉。”

分开几周后，他需要的正是她这句话。是的，他需要这个聪明的女孩告诉他操场、运动场和体育馆外关于生活的一切。他需要她们一家人告诉他如何过成年人的生活，其他人，包括他的外祖父，都不曾告诉过他。

他马上解开她的腰带和短裤纽扣，把裤子从她的大腿褪到地上。她像孩子一样举起胳膊，他先是从她手里拿过手电筒，接着慢慢把她的 Polo 衫从头顶脱去。她伸手去解身后的胸衣扣，他跪下来，在那一刻心中泛起一阵略带羞愧的奇怪情绪，他把她的内裤拉到大腿，接着褪到脚边。

“还有袜子。”她说。帆布鞋已被踢到一边。他脱下她的袜子，塞进鞋里。白色的袜子很干净，她身上的衣物都散发着营地洗衣房漂白剂的淡淡香味。

光着身子的马西娅显得又瘦又小，腿形很漂亮，有点肌肉，纤细的胳膊和手腕。乳房小小的，高高附在胸上，乳头柔软，没有突起，显得很苍白。这个精灵般的苗条女人看起来像孩子一样柔弱，看样子没什么性经验。事实也确是如此。晚秋的一个周末，她家里人去了迪尔，下午四点左右，戈尔德史密斯大街她临街的卧室窗帘紧闭，他们在那里初食了禁果。事后她对他耳语："巴基，教教我怎么做爱吧。"似乎她才是两人中没有经验的那个。之后他们在床上躺了许久——他脑海中浮现出她的床，四根雕花柱子撑着印花棉布的遮篷，下摆有花边褶皱，她从小就睡在那张床上——她偷偷地低声跟他说话，仿佛空荡荡的家里有其他人在，她说她真好运，有这样好的家人，还有巴基。接下来他和她聊起他的童年，一些不曾对她讲过的经历。相对于他认识的其他女孩，甚至是他认识的所有人，在她面前，他更能毫无顾虑地表达自己的想法，述说平时藏在心底的那些喜怒哀乐。"我是小偷的儿子，"他坦白道，发现自己跟她说这些话时丝毫也不羞愧，"他因为偷钱进了监狱。他是个惯犯。我从没见过他。不知道他住在哪儿，甚至不知道他是死是活。如果是他抚养我，谁知道我会不会也成为小偷？如果我自己生活，没有外祖父母照顾我，在我家那样的小区，"他告诉她说，"很可能我的下场就是成为流浪汉。"

他们在四柱大床上面对面躺着，分享各自的故事，直到天亮，接着又到天黑，直到两人把一切都说完，尽可能完全把自己暴露在对方面前为止。然后，马西娅似乎觉得他还没有完全被她迷倒，咬着他的耳朵悄悄说些才学到的东西。“只有这样才能敞开心扉，不是吗?”

“你，”马西娅被脱光衣服后悄声说，“现在轮到你了。”

他很快就脱下衣裤，把它们放到空地边上她的衣服旁。

“让我看看你。哦，感谢上帝。”她说着，突然大哭起来。他立刻把她揽入怀里，可是没用。她不停地抽泣。

“怎么啦?”他问她，“发生什么事了?”

“我以为你要死了!”她大声说，“我以为你会瘫痪死掉！我睡不着，我害怕极了。我一有时间就过来岛上，向上帝祈祷，保佑你身体健康。长这么大我还没有为别人这么费力祷告过。‘求求你救救巴基吧!’我这样哭是因为高兴，亲爱的！我太高兴了！你在这里！你没有得病！哦，巴基，抱紧我，越紧越好！你安全了!”

他知道她说这番话是因为她放宽了心，也知道应该忘记她的话，不过等他们穿好衣服准备返回营地时，他却忍不住就她向他已经否定的那位上帝祈祷的事说了一些不该说的话。他知道没有理由在如此重要的一天结束时再回到这么恼人的话题，尤其是他以前从没听过她那么说话，以后可能也听不到了。既然他都已经来了，现在再提这个话题显得过于严肃，而且毫不相干。然而他无法克制自己。他在纽瓦克经历了太多，无法抑制自己的感情——而且距离他离开纽瓦克和那场瘟疫才只过了十二个小时。

“你真的相信上帝会回应你的祷告？”他问她。

“我无法确定，不是吗？但是你过来了，不是吗？你安然无恙，不是吗？”

“那证明不了什么，”他说，“为什么上帝不回应艾伦·迈克尔斯父母的祷告？他们一定祷告过。赫比·斯泰因马克的父母一定也祷告过。他们是好人，是犹太良民。上帝为什么不插手他们的事？他为什么不救救他们的孩子？”

“我真的不知道。”马西娅的回答很无奈。

“我也不知道。不知道上帝起初为什么创造了小儿麻痹症？他想证明什么？证明地球上需要有残疾人吗？”

“上帝并没有创造小儿麻痹症。”她说。

“是吗？”

“是的，”她严厉地说，“我觉得没有。”

“但上帝不是创造了万物吗？”

“这不是一回事。”

“为什么不是？”

“为什么你要和我吵，巴基？我们在吵什么？我就说了我向上帝祷告，因为我为你担惊受怕。现在你过来了，我非常高兴。

你听了那些却和我大吵一顿。你为什么要和我过不去？我们有好几周没见面了。”

“我不是要和你过不去。”他说。

“那就别吵了。”她说，比起愤怒，她更觉得莫名其妙。

与此同时，雷声一阵阵传来，附近出现了一道道闪电。

“我们该走了，”她说，“趁着暴风雨没来，我们赶紧走吧。”

“犹太人怎么能向这样的神祷告呢？正是他在成千上万犹太人居住的小区下了这样的诅咒。”

“我不知道！你到底想说什么？”

他突然害怕说出口——害怕如果他坚持要她理解他的做法，他会失去她和她的家人。以前他们从没吵过架，也不曾在任何事情上发生过冲突。他从来没在心爱的马西娅身上察觉出一丝反对的情绪——就这点而言，反过来也这样——于是，在把事情搞砸之前，巴基及时悬崖勒马，停了下来。

他们一起把独木舟拖到湖边，不一会儿，两人一言不发，用力划着船向营地驶去。他们到了营地后，好一会儿才开始下暴雨。

巴基回到科曼切木屋，唐纳德·卡普罗和其他男孩都睡着了。他穿过床脚柜间的狭窄过道，尽可能不声不响地穿上睡衣，把换下的衣服收好，钻进当天早些时候铺好的干净被窝，被子床单都是埃尔夫·施朗格用过的。他和马西娅分开时心里并不痛快，现在仍然感到痛苦，上岸时他们匆匆吻别了对方，就各自回小木屋了，两人都担心第一次吵架的根本原因也许并非是因为上帝。

雨嘭嘭地打在屋顶，巴基无法入眠。他想起了戴夫和杰克，他们正在法国作战，而他却无法加入。他想起了埃尔夫·施朗格，他参军打仗去了，而前一晚他还躺在这张床上。一次又一次，除了他，似乎所有人都上了战场。留下来不去打仗，不用经历腥风血雨——其他人觉得是福祉，他却认为是折磨。从小他就被外祖父培养成无畏的勇士和负责任的男人，时刻准备捍卫正义，可面对那场世界范围内善恶之争的世纪大战，他却甚至连沾点边的机会都没有。

然而他也有过自己要打的仗，操场就是他的战场，但为了马西娅，又贪图印第安山的安全，他放弃了自己的军队。如果无法在欧洲或太平洋作战，他至少可以留在纽瓦克，和那些危险中的男孩一起对抗小儿麻痹症带来的恐惧。相反他却躲避危险逃到了这个避风港；他选择离开纽瓦克，来到这僻静的山上的夏令营，躲在泥巴窄路的尽头，隐没在树林里——在这儿做什么呢？和孩子们玩耍，而且乐在其中！他越快乐就越自惭形秽。

大雨倾盆，落在木屋顶上像是钻机的声音，草地和稀烂的泥路都淹在水里，变成一个大大的水坑。雷声滚滚，回响在山脉间，闪电在整个营地上空撕扯，一道道向下参差不齐地伸展。虽然外面是这幅景象，两排床铺上的男孩依旧睡得很熟。这间木屋设施简陋，却很温馨，墙上有五颜六色各个学校的三角奖旗，独木舟船桨用来装饰，床脚柜上满是贴纸，狭窄的营地床铺下整整齐齐摆放着运动鞋、帆布鞋、拖鞋，一群强壮健康的十来岁的男孩在这里安睡，这是他所能达到的最远离战争的地方，远离他的战争。在这儿，他有未婚妻两个妹妹天真无邪的爱，以及未婚妻充满激情的爱相伴；在这儿，他已经找到像唐纳德·卡普罗这样热切寻求他指导的男孩；在这儿，他主宰着一个极佳的滨水区，有几十个精力充沛的孩子要他指导和鼓励；在这儿，一天结束后，他可以在高跳板上跳水，日子太平安宁；在这儿，他找到了最安全的庇护所，不用再面对家乡肆虐的病魔杀手；在这儿，他所有的一切戴夫和杰克不曾有过，总理大道小学操场上的孩子们、纽瓦克所有人也不曾有过，但是，他再也没有自己的良心了。

他必须回去。明天他必须去斯特劳兹堡搭火车，一回到纽瓦克，就必须和奥加拉联系，告诉他周一开始他会继续在操场上工作。既然文体部因为征兵而人手短缺，要回工作应该不成问题。

总之，他只是离开操场一天半而已——在波科诺山待上一天半称不上渎职或失职。

不过，马西娅会不会因为他回纽瓦克而受到打击，把它当成对她的惩罚，特别是他们的小岛之夜闹得不欢而散？他明天收拾行李离开的话，他们的计划会受到什么影响？他本来已打算好抽空去趟镇上，从给外祖母买炉子存的钱里分出五十美元，在当地的珠宝店给马西娅买个订婚戒指……但他不可以有顾虑——不能担心马西娅的戒指，或者马西娅误解了他离开的动机，不能担心让布隆巴克先生陷入困境，也不能担心唐纳德·卡普罗或斯坦伯格家的双胞胎会失望。他已经犯下大错，轻易就向恐惧妥协，而且在恐惧心理的指使下，他背叛了男孩们，也背叛了他自己，他所要做的是待在原地，做好工作。马西娅爱他，试着把他从纽瓦克救出来，可这却导致他愚蠢地自毁前程。这儿的孩子们没有他也能好好活着。这里不是战区。印第安山不需要他。

看起来似乎不能下得再大的雨，这时候却越下越大，像洪水一样从木屋的斜屋顶喷涌下来，漫过满溢的檐沟，沿着紧闭的窗户倾泻而下。如果纽瓦克也这么下雨，接连下个几天，数以万计的雨滴冲刷着市里的房子、小巷和街道——它们也会冲走小儿麻痹症吗？干吗胡思乱想，异想天开呢？他一定要回去！他一时冲动想要起身收拾行李，准备赶明天最早一班火车。但他不想吵醒孩子们，不想让人觉得他是仓皇出逃。他慌慌张张地逃到这里，走的时候要找回勇气，去面对不容否认的严峻考验。比起戴夫和杰克在法国为盟军扩张根据地的战斗，他的这个考验显得微不足道。

至于上帝，在天堂般的印第安山，人们很容易对他产生好感。可在一九九四年的夏天，在纽瓦克——欧洲或太平洋——则是另一回事。

到第二天早上，营地的雨水已经退去，阳光明媚，天气凉爽，免于恐惧的孩子们开始了新的一天，他们的兴奋劲儿太鼓舞人心了，以至于他无法想象自己会离开这个贴满十来所学校的三角奖旗的小木屋。贸然抛下马西娅，并因此危及他们的未来，这太可怕了，令人难以想象。从木屋门廊望出去，湖面波澜不惊，光滑如许，那是他昨天下班后深深潜入的湖水，远处是他们划着木舟在白桦树的华盖下做爱的小岛——仅仅过了一天就放弃这一切是不可能的。看到木屋门口浸湿的地板，想到昨夜大风裹挟着雨水穿过门廊和纱门，他心里更加坚定——即使是普普通通一场倾盆大雨也在某种程度上支持他留下来的决定。暴风雨把天空洗刷得像蛋壳般平滑，鸟儿在头顶鸣叫、飞翔，还有这些兴高采烈的孩子，他还能怎么样？他不是医生，也不是护士。他无力改变那场悲剧，他不能回去。

忘掉上帝吧，他告诉自己。什么时候轮到你来管上帝了？而且，他也有自己的事情要做，和男孩们一起去吃早饭，呼吸山里没有一丝污染的新鲜空气。他们穿过山上的草坡，从雨水浸润的地里冒出来一股他从未闻过的潮湿浓郁的青草味，似乎证明了他正过着毋庸置疑的和谐的生活。他一直和外祖父母住在城市的公寓里，皮肤上从没有过七月早晨山上那种融合了温暖和凉爽的感觉，也从来没有体会过它所能激起的丰富情感。在这广袤无垠的地方工作一天，人就有了活力，在无人的小岛上，在黑暗中脱下马西娅的衣服是多么诱人啊，而在雷电交加中入睡，在太阳照耀人类活动的第一个清晨醒来，这一切是多么令人激动啊。我在这里，他想，我很幸福——他确实很幸福，甚至每走一步，踩在湿漉漉的草地上发出的吱吱声都让他感到振奋。一切都在这里！和平！爱情！健康！美丽！孩子！工作！除了留下来他还有别的选择吗？是的，他看到、闻到和听到的一切都是那个幻影——未来的幸福——的生动预兆。

那天晚些时候发生了一件不寻常的事情，据说营地里从没发生过这样的事。下午三点多，一大群蝴蝶飞来印第安山，在操场上空横冲直撞，接着栖息在网球球网的带子上，又停在营地基地边茂密的乳草丛中，就这样持续了将近一小时。它们是一夜之间被狂风吹来的吗？还是在迁徙南方的途中迷了路？但为何它们会在这么早的夏天就开始迁徙呢？没人知道答案，甚至是自然知识辅导员也不明白。它们成群出现，似乎要仔细观察每一片草叶、每一个灌木丛、每一棵树，观察山顶营地里每株藤蔓、每片蕨叶、每片花瓣，之后才调整方向，继续向它们要去的地方飞去。

巴基站在船坞的大日头底下，看着一张张脸庞盛满阳光，在水中浮动，突然一只蝴蝶落在他身上，在他裸露的肩膀上开始小口啜饮起来。真是奇迹！它正从他的汗水中汲取矿物质！令人叹为观止！巴基一动不动，用眼角观察着蝴蝶，直到它轻轻起身，突然就飞走了。后来，他回到木屋和男孩们讲了这件事，他告诉他们他的蝴蝶就好像是印第安人设计绘制的，橙黑图案的翅膀纹理分明，黑色的边纹上密布着小小的白点——他没告诉他们的是，那只美丽的蝴蝶在他身上吸食时，他很惊讶，当它飞走时，他将信将疑地认为这一定预示着丰饶的日子即将到来。

蝴蝶覆盖了营地，空中明晃晃的一片，但印第安山的人不觉得恐怖。相反，那些蝴蝶怡然自得地飞来飞去，富有生气，所有人见了都高兴地笑了。无论是营员还是辅导员都为之兴奋不已，感觉自己被无数扇动着的轻盈纤巧的五彩翅膀包围了。几个营员从小木屋中跑出来，挥舞着手工制作的蝴蝶网兜，年纪最小的孩子们跟在上下飞舞的蝴蝶后头疯跑，伸出手想要抓住它们。每个人都很高兴，因为大家知道蝴蝶不咬人，也不传播疾病，却会传授花粉让种子植物生长。还有什么比这更有益的呢？

是的，纽瓦克的操场已经抛诸脑后。他不会离开印第安山。在那儿他是小儿麻痹症的猎物；在这儿他是蝴蝶的食物。优柔寡断——这个他以前不知道的令人不快的性格弱点——不会再动摇他的信心，他明白需要做什么。

到了夏天的这个时候，男孩营地里那些原来只会在水里吐泡泡的生手，都学会练习憋气浮水，至少可以狗刨两下子了。一些人会的更多，基础的仰泳、自由泳都可以出色地完成，少数几个已经能潜到深水，持续游上二十英尺到湖边浅水区。他手下有五个辅导员，虽然看起来已经能熟练应付各个年纪的男孩，在他的督导下也能执行游泳项目，但巴基发现，从一开始下水指导被辅导员私下称为“下沉者”的人却是他自己。那是些最没自信、进步最慢、似乎天生就没有浮力的小男孩。他会沿着码头走到深水平台上，那里辅导员正在指导大一点的男孩们跳水；也会花时间陪努力提高蝶泳技术的孩子；但他总会回到那些小男孩身边，和他们一起下水，教他们浅打水、剪式打腿、蛙式打腿，双手扶着他们，说几句鼓励的话，诸如他就在那儿，他们没有呛水的危险，更别提淹死了之类。滨水区的一天结束后，他有了和刚去潘瑟读书时一样的想法，看来没有什么工作比让一个男孩学习一项运动更令人满意的了，无论是学习游泳、拳击还是棒球，除了基本技巧，还能获得一切都会好起来的安全感与自信心，并克服对于新事物的恐惧。

这是无与伦比的一天，接下来还会有几十天这样的日子。晚饭前双胞胎姐妹会在他唇上留个湿吻，她们会在餐厅的台阶边等他，他一进入视线，她们就起哄："吻！吻！"吃过晚饭，他答应唐纳德·卡普罗教他跳水。接着，九点半的时候，还要和未婚妻前往夜色中的小岛，她会在布隆巴克先生办公室留一个信封，里面是一张新的便条。"多几次。和我见面。M."他已经和卡尔约好这周开车去斯特劳兹堡，他要给马西娅买个订婚戒指。

晚饭后过了大约半个小时，男孩们离开木屋去旗杆那边的棒球场上临时组队玩垒球游戏，他和唐纳德则去船坞那边，他要看唐纳德跳板跳水。唐纳德先一个向前跳，再一个向后跳，最后来了个向前屈体跳。

"不错！"巴基对他说，"我觉得没有任何问题。"

唐纳德听到夸奖笑了笑，但还是问道："我的走板对吗？跨跳步对吗？"

"那还用说，"巴基说，"你知道动作，也做得很到位。你的屈体跳很规范。首先上半身弯曲，腿部保持不动。下半身随后屈起，同时头部和手臂保持不动。每个细节都很完美。你能做个向后翻腾吗？我们来看看。注意跳板。”

唐纳德是天生的跳水运动员，巴基本以为在向后翻腾中会看出什么瑕疵，他却一个失误动作也没有。当唐纳德浮上来，还在水里拨开眼前的头发时，巴基朝他喊道：“翻转得又好又有力。抱膝动作标准、美观。时机，平衡——一切都很棒！”

唐纳德从水里爬上船坞，用巴基扔给他的毛巾擦干身体。“出水时是不是太冷了？”巴基问，“冷吗？”

“不不，一点儿不冷。”唐纳德回答。

阳光还很猛烈，天还很蓝，一望无垠，但晚饭后气温跌到了十度左右。难以置信几天前他还和操场上的男孩一起受着酷暑煎熬，而热气滋生出的瘟疫在城里肆虐，人们害怕到要发狂。这儿的所有事情却都在好转，这让他很困惑。如果纽瓦克的温度能像这样下降，剩下的七月、八月能保持这样就好了！

“你在发抖，”巴基说，“我们明天同一时间再继续吧。怎么样？”

“我再做一个向前翻腾好吗，求你了？我从跳板尾部开始起跳。”唐纳德说。他把双臂放到身前，手肘弯曲，双膝微微屈起，摆好姿势。“我还没有发挥出最好水平。”他说。

“集中注意力，”巴基说，“向上伸直手臂，然后屈起。”

唐纳德做好准备动作，向前上方跳起，双手抱膝，以一个经典的垂直入水动作下落，脚先入水。

“我有没有搞砸?”出水的时候唐纳德问。太阳西下，在水面上投下粼光一片，为了看清巴基，他不得不把眼睛挡住。

“没有，”巴基告诉他，“有一小会儿你的手和腿没有贴紧，但没有大碍。”

“是吗？我再做一次吧，”他说着，蛙泳到了扶梯那边，“我纠正一下。”

“好的，尖子选手，”巴基笑着说，把自己小时候因为尖耳朵而得的绰号加到唐纳德身上，那时外祖父还没来得及给他取现在一直用的这个名字，“最后一个向前翻腾，然后我们回屋。”

这一次唐纳德从跳板前部起跳，和先前一样，走板，起跳，出色地完成了跳水。腾空时他的双手准确无误地从胫骨处移到双膝两侧再到大腿两侧。

“太棒了！”当他浮出水面时巴基朝他大喊，“高度很好，旋转也很好。从头到尾都漂亮有力。你说自己会犯错，错在哪儿呢？你什么错都没犯。”

“坎特先生，”他爬上船坞，激动地说道，“我再给你做做转体半周和后屈体跳，然后再回去。让我完成这个系列吧。我不冷，真的。”

“但是我冷，”巴基笑着说道，“我没出汗，身上只有一件衬衫。”

“好吧，”唐纳德回答，“这就是十七岁和二十四岁的区别。”

“二十三岁。”巴基又笑着说，高兴得不得了——唐纳德和他的坚持让他高兴，再加上意识到马西娅和双胞胎姐妹近在咫尺，他感到心满意足。似乎他们已经是一家了。唐纳德虽然只比他小六岁，却像是马西娅和他自己的儿子，双胞胎姐妹的外甥。“瞧，”他说，“温度每分钟都在下降。接下来我们可以天天在这儿练习。”他把运动衫扔给唐纳德穿上，还拿了条毛巾裹住他腰间的湿泳裤。

唐纳德走在回小木屋的路上，一边吃力地爬坡，一边说：“等到了十八岁，我要加入海军航空部队。一年前我最好的朋友去了那儿。我们一直通信。他告诉我军训的事。非常辛苦。但我还是想在战争结束前加入战斗。我想驾驶战机冲向日本人。自从他们偷袭珍珠港之后我就有这样的想法了。战争开始时我十四岁，已经足够大了，知道发生了什么，也想为此做点什么。日本人投降时，我也想参与其中。那将是多么值得期待的一天啊。”

“希望你有机会。”巴基告诉他。

“你为什么没参军，坎特先生?”

“我视力不行。这个。”他用指甲敲了敲眼镜，“我最要好的朋友正在法国打仗。他们在盟军登陆日那天空降到诺曼底。真希望我也和他们在一起。”

“我一直在关注太平洋战争，”唐纳德说，“现在欧洲的战争快结束了。德国人已经开始落败。但是在太平洋还有许多仗要打。上个月，在马里亚纳群岛，我们在两天内就摧毁了一百四十架日军飞机。想象一下如果你也在场的话。”

“两条战线上都还有许多仗要打，”巴基告诉他，“你不会错失机会的。”

他们登上科曼切木屋的台阶，唐纳德问：“明天晚饭后你能来看看其他的跳水姿势吗？”

“当然可以。”

“谢谢您，坎特先生，占用您这么多时间。”

在木屋门廊上，唐纳德伸出手来，有点僵硬地要和他握手——出人意料地正式，但也带有讨好人的感染力。在跳板那跳了一回水，他俩就成老朋友了。不过在美好的夏日将要结束之时，和唐纳德站在一起，巴基想起了所有被他抛弃的操场上的男孩，感到一阵突如其来的刺痛。尽管他努力地以这里的一切为乐，但他还是无法完全忘掉自己不可原谅的行为，也无法不想起那个自己不再受到尊重的地方。

和唐纳德道别后，离去见马西娅还有一会儿，他跑到营地办公室后面的电话亭给外祖母打了个电话。她可能不在屋里头，也许正和艾因曼斯一家、费舍尔一家在外头沙滩椅上坐着，但她接了电话。原来这天温度有所下降，尽管第二天又会热起来，但她可以坐在公寓里，开着窗，打开电扇，听自己喜欢的广播节目。她问他过得怎么样，马西娅和双胞胎姐妹怎么样，当他告诉她他和马西娅快要订婚时，她说："我不知道该笑还是该哭，我的尤金。"

"笑吧。"他说，自己也笑了。

"是的，我为你高兴，亲爱的。"她说，"真希望你妈妈能活着看到这一天，看到儿子长大成人。要是你外公也在场就好了。他会为他的小家伙激动不已的。真值得骄傲。是斯坦伯格医生家的女儿啊。"

"我也希望他在场，外婆。我在这儿也想着他，"巴基说，"昨天从跳板起跳时就想到了他。我记起来，在我差不多六岁那年，他在希伯来男青年会是怎么教我游泳的。他把我扔进池子就完事了。你过得怎么样，外婆？艾因曼斯一家对你好吗？"

"当然好。不要担心我。艾因曼斯一家帮了大忙，再说，我也能照顾好自己。尤金，我得跟你说点事。威夸依克地区又发现了三十例小儿麻痹症。光是昨天市里就确诊了七十九例。十九例死亡。都破纪录了。另外，总理大道小学操场上也确诊了好几例。塞尔玛·山克曼打电话给我。她告诉我孩子们的名字，我都记下了。”

“都有谁，外婆？”

“我去拿一下眼镜，还有那张纸。”她说。

几个辅导员正在电话亭外面排队等打电话，他透过玻璃给他们做了个手势，告诉他们几分钟后他就结束，一边忐忑不安地等着听名字。他想，为什么要让孩子残废？为什么会有让孩子残废的疾病？为什么要毁掉我们不可替代的孩子？他们是世界上最好的孩子。

“尤金？”

“我在听。”

“好的。我来念名字。这些是住院的孩子：比利·施泽，欧文·弗兰克尔。还有一个死了。”

“谁死了？”

“一个叫罗纳德·格劳巴德的男孩。他病了，一夜之间就死了。你认识他吗？”

“认识，外婆，是的，我认识他。我在操场和学校里认识他的。他们我都认识。罗尼死了。真难以置信。”

“很抱歉不得不告诉你，”外祖母说，“但我觉得你应该想知道，你和那些孩子那么亲近。”

“你说得对。我肯定想要知道。”

“现在市里有人要求封锁威夸依克地区。市长办公室也在讨论封锁的事了。”她告诉他。

“封锁整个威夸依克?”

“是的。整个切断，这样就没有人进进出出。他们会在欧文顿镇、希尔赛德镇，还有霍桑大街、伊丽莎白大街设置封锁线。今晚的报纸上是这么说的。他们甚至还印了个地图。”

“但那儿住了成千上万的人，他们有工作要做，要去上班。他们不可以就那么把人关起来，不是吗?”

“情况不妙，尤金。大家的火气都很大，都很害怕。每个人都担心自己的孩子。感谢上帝你不在这。八路和十四路公交车司机说，除非戴上防护面罩，否则他们不会把车子开到威夸依克区。还有人说不管怎样他们都不会开车过来了。邮递员不愿意来这里。给商店、杂货铺、加油站等送货的卡车司机也不愿意过来。无论天气多热，过往的陌生人总把车窗摇上。反犹分子说，正因为他们是犹太人，小儿麻痹症才会在那儿传播。都怪这些犹太人，威夸依克才成为疫病的中心，这也是为什么要把犹太人封锁起来的原因。听有些人的口气，似乎觉得摆脱小儿麻痹症传染的最好方法就是烧了威夸依克和里面所有的犹太人。这些人们因为害怕而说的疯话很是让人反感。他们害怕，他们敌视我们。我在这座城市出生，一辈子没见过这样的事。好像每个地方、每件事都在走向崩溃。”

“是啊，听起来糟糕透了。”他说着，把最后一枚硬币投进电话机。

“还有，尤金，当然——我差点忘了。他们要关闭操场了。从明天开始。不仅仅是总理大道小学的操场，全市的操场都得关。”

“是吗？但市长决定要一直开着的。”

“今晚的报纸上写的：所有孩子聚集的地方都要关闭。那篇文章就在我眼前。十六岁以下的孩子不能去电影院。关闭市里的游泳池。关闭公共图书馆及所有分馆。牧师还要关闭周日学校。报纸上就这么写的。如果照此下去学校可能也不会按时开学。我给你念念前面几句。‘有可能公立学校——’”

“关于操场具体是怎么说的？”

“没说什么。就只是市长要关闭的一系列场所之一。”

所以如果他在纽瓦克再耽搁几天，就不用辞职了。相反，他会被解雇，想干什么就干什么，想去哪儿就去哪儿。要是他留下来，他就用不着给奥加拉打电话，不用挨他一顿批评。要是他留下来，他就决不会对孩子们弃置不顾，也不会让这件事成为一生无法原谅的回忆。

“这儿。这是新闻标题，”她说，“‘本市小儿麻痹症患者人数单日创新高。市长关闭众多设施。’我要把文章寄给你吗，亲爱的？要撕下来吗？”

“不，不用了。外婆，辅导员们正等着用电话，我也没有零钱了。我要挂了。先再见吧。”

马西娅正在餐厅门口等着，他们俩都穿了厚毛衣御寒，天气冷得不像这个季节。他们溜到岸边，找到独木舟，穿过湖面上的迷雾，除了船桨蘸水发出的咕噜声，四周一片寂静。近岛时他们划到另一边，把小舟拖上岸。马西娅带了条毯子。他帮忙把它抖开，铺在空地上。

“发生什么事了？”她问，“怎么了？”

“外祖母告诉我，纽瓦克一夜之间新增了七十九例小儿麻痹症患者。有三十例在威夸依克。其中三例是操场上的孩子。两例住院，一例死亡。死者叫罗尼·格劳巴德。是个反应很快，很聪明的小家伙，充满朝气，就这么死了。”

马西娅拿起他的手：“我不知道该说什么，巴基。太可怕了。”

他在毯子上坐下，她坐在他旁边。“我也不知道该说什么。”他告诉她。

“是不是要关闭操场了？”她问。

"已经关了。他们已经把它关了。所有的操场都关了。"

"什么时候的事?"

"从明天开始。市长会把它们全关了，我外祖母这么说的。"

"好吧，这是最好的办法了，不是吗?他早该那么做了。"

"我应该留在那边的，马西娅。只要操场开着，我就不应该离开。"

"但你到这儿也不过几天的工夫。"

"我离开了。没什么好说的了。事实就是如此。我离开了。"

他把她拉到身边。"来，"他说，"和我一起躺在这儿，"他把她的身体紧紧贴在自己身上。他们抱着对方，一言不发。他不知道还有什么可说可想的。他离开了，而所有男孩都留下了，现在又有两个病倒了，一个死了。

"你不会来这里以后一直想着这件事吧?你离开这件事?"

"如果我还在纽瓦克，会去参加罗尼的葬礼。如果我还在纽瓦克，会去拜访那几家的父母。可是我在这儿。"

"你回去后一样可以做那些事啊。"

"那不一样。"

"即使留下来，你又能做什么?"

"这不是做什么的问题——是在不在那里的问题!现在我应该在那边，马西娅!可我却在湖心的山顶上!"

他们抱着对方，不再说话。一定过去了有十五分钟。巴基所能想到的只有他们的名字，所能看到的也只有他们的面孔：比利·施泽，罗纳德·格劳巴德，丹尼·考普费曼，麦隆·考普费曼，艾伦·迈克尔斯，欧文·弗兰克尔，赫比·斯泰因马克，雷欧·范恩斯沃格，保罗·李普曼，阿尼·梅斯尼科夫。他所能想到的只有纽瓦克的那场战争，还有被他抛弃的孩子们。

又过去了十五分钟，马西娅开口了。她低声对他说："星星美极了。家里就见不到这样的星空。我打赌这是你第一次见到如此满布星辰的夜空吧。"

他不说话。

"看，"她说，"树叶动一动星光就照下来了。还有太阳，"过了一小会儿，她又说，"你看到今晚刚落山时的太阳吗？看起来和营地离得好近。就像一面锣，你可以伸手敲一敲。那里的一切都如此广阔，"她这么说，天真地、徒劳地想要打消他自认卑劣的念头，"相比之下，我们俩微不足道。"

是的，他想，还有比我们更微小的东西。摧毁一切的病毒。

"听，"马西娅说，"嘘。听到了吗？"四五点的时候娱乐厅有一场聚会，留下来打扫的营员一定在唱机里放了张唱片，这样他们收拾汽水瓶、拖地板的时候就有伴了，而其他孩子和他们的辅导员已经回屋准备熄灯睡觉。从寂静昏暗的湖面传来马西娅夏天最爱听的歌曲，也是巴基去艾伦家致哀那天在希德店里自动点唱机上放的那首，也就是在那天，伙计尤西告诉他赫比死亡的消息。

“我会见到你，”马西娅对着他轻轻唱起来，“在所有熟悉的老地方——”她站起身，把他也拉起来，下定决心不让他继续消沉下去。她不知该做些什么，只好拉着他开始跳舞。

“拥抱我的心，”她唱着，把脸贴上他的胸膛，“一整天……”她的歌声随着拖长的“天”字响起来，令人心动。

他遂了她的愿，亲切地把她抱到怀中，带着她在他们自己扫出的空地中央缓缓摇曳。他记起六月底她出发来印第安山的前一晚，他们也像现在这样，和着广播里的音乐在她家的门廊上跳舞。那晚，他们关心的事只有一件，那就是马西娅要去别处度过夏天。

“在那间小咖啡厅，”她唱着，声音又细又低，“路那边的公园……”

岛上倾斜的白桦形成一个小树林，就如马西娅先前说的，波科诺严冬厚重的积雪压弯了桦树柔软的枝身。在这个白桦林里，他们二人用未瘫痪的胳膊搂着对方，未瘫痪的双腿和着音乐一同摇摆，两个未瘫痪的身体紧紧依偎在一起，只依稀听到断断续续传来的几句歌词——“……一切都是轻松愉快的……想到你……

夜晚如新……见到你”——接着歌唱完了。湖那边有人抬起唱臂，关掉了唱机，娱乐厅里的灯一盏盏熄灭，他们听到孩子们互相喊着：“晚安！晚安啦！”接着手电筒亮起来，从小岛舞厅的舞池里，他和马西娅能看见到处闪烁的光点，孩子们一个个——安全健康、无所畏惧、毫发无损——正走在回小木屋的途中。

“我们拥有彼此，”马西娅喃喃低语，脱下他的眼镜，贪婪地吻着他的脸，“无论发生什么，我们都拥有彼此的爱。巴基，我向你保证，我会永远为你而唱，永远爱着你。无论发生什么，我会永远站在你身边。”

“是的，”他对她说，“我们拥有彼此的爱。”可是对于比利、欧文还有罗尼来说，他想，这又有什么用？对于他们的家庭来说这又有什么用？他们俩像害了相思病的少年一样抱着吻着跳着舞，对周遭的一切一无所知——这对别人有什么益处？

他回到小木屋时——一整天远足、游泳外加打球之后，所有人都睡得很熟——在床上发现了唐纳德留的字条。“给你外祖母打电话。”字条上是这么写的。打电话？可是几小时前他才和她通过电话。他冲出房门，跑到电话亭那边，想知道她出了什么事，心想真不该留下她一人自己来营地这边的。她一个人一定应付不了，尤其是每次搬东西上楼，胸口总是疼。他把她一人留在家里，现在出事了。

“外婆，我是尤金。怎么啦？你还好吧？”

“我很好。又有消息了。所以我才给营地打电话。我不想吓唬你，但我想你还是马上知道的好。不是什么好消息，尤金。否则我也不会打长途。太惨了。加龙兹克太太几分钟前从伊丽莎白街打来电话找你。”

“杰克。”巴基说。

“对，”她说，“杰克死了。”

“怎么会？怎么会？”

“在法国的战场上死的。”

“我不相信。他是坚不可摧的，他是铜墙铁壁。他有六英尺三英寸高，二百五十磅重，体力过人。他不可能死的！”

“恐怕是真的，亲爱的。他母亲说他是战死的。在什么小镇来着，名字我忘了。我应该拿笔记下的。艾琳现在和他家人在一起。”

提到艾琳，他心里又是一震。杰克在高中时认识了艾琳·麦柯迪，在潘瑟读书时他们一直是男女朋友。他们本来打算等他从战场回来就结婚，然后在伊丽莎白街安家。

“他是那么高大，那么有礼貌，”外祖母说，“杰克是你带回家的好男孩。我还记得他在厨房里吃饭的样子，那是你头一次带他回来吃晚饭。那次戴夫也来了。杰克要吃‘犹太餐’。他吃了十六个土豆饼。”

“是的，他是吃了，我也记得。我们笑了，所有人都笑了。”眼泪顺着巴基的脸颊流下来，“戴夫还活着。戴夫·雅各布斯还活着。”

“我也不敢保证，亲爱的。我也没法儿知道。我想他还活着，但愿如此。我还没听到什么消息。但昨晚的新闻说法国的战争进行得并不顺利。广播里说死了很多人。和德国人的恶战。死伤的战士不少。”

“我不能一下子失去两个朋友。”巴基无力地回答。他挂了电话，没有回木屋，却朝滨水区走去。顾不上又一股寒气袭来，他在跳水船坞上坐下，看向黑暗深处，心里反复念叨着校报体育版上杰克那些叫人崇拜的绰号——“彪力士杰克”“大块头杰克”“大山一样的男人杰克”……他无法想象杰克死了，就好像无法想象自己死了，但是没用，他泪流不止。

接近午夜时他回到码头，但没有上山回小木屋。相反，他转身又一次沿木板栈道往跳水船坞那边走去。他继续在栈道上踱步，直到微弱的灯光开始照亮湖面。他记起另一位可爱可亲的死者，他的外祖父，也是在这样的灯光下喝着热茶——冬天掺了一小杯烈酒的茶水——之后才出发去桑树街市场进一天的货物。有时巴基放学了会和他一起去。

他还在努力控制自己的情绪，为了在有人醒来之前回到木屋，这时树林里的鸟儿唱起歌来。印第安山营地上已是黎明时分，很快木屋中就会传出嘁嘁喳喳稚嫩的声音，接着是愉快的喊叫声。

每周一次的印第安之夜在男孩与女孩的营地里分别举行。八点钟，所有男孩都聚集在离湖很远、高处的一大块空地上的一圈篝火旁，圈中间有一个坑，里面排列着扁平的石头。那里的厚木水平堆着，像原木小屋一样交错堆叠在一起，底部是两根又大又沉的圆木，越往上越尖，有大约三英尺高，呈锥子状。生火的厚木四周围着一圈带花纹不规则形状的小漂石，形成一道屏障。大约八到十英尺开外放着一圈长凳。座位是劈开的原木做的，底下是石头，一共四排，呈同心圆状向外延伸，分为三个区域。最后一排长凳约二十英尺开外就是树林了。布隆巴克先生管这样的座位安排叫“议会圈”，而这样每周一次的集会则成了“大议会”。

议会圈边上有一个圆锥形帐篷，比营地入口处的那个更大，装饰也更精美。那是“委员会帐篷”，篷顶上装饰着各色带子，红的，绿的，黄的，蓝的，还有黑的。也有一根图腾柱，顶上刻着老鹰的头，下面是一双有些僵直的向两边展开的大翅膀。图腾柱主要的颜色是黑色，白色和红色，后两种颜色也是营地色彩大战时用的颜色。图腾柱大约十五英尺高，泛舟湖上时，一抬头就能望见。湖西边女孩们正在举行自己的印第安之夜，太阳开始下山了，等到大议会结束，就是漆黑一片。你只能隐隐约约听到餐后厨房里的当啷声。而湖那边的天空中正上演着一场条纹大戏，一道道暗橙色、亮粉色、血红色的长条纹似熔岩般流动，记录着迟迟不肯结束的一天。夏天的黄昏慢慢到来，像彩虹般夺目，正缓缓爬上印第安山，如果在印第安人的泛神论中有一位地平线之神，那么这黄昏便是他赐予的耀眼礼物。

男孩们和辅导员——今晚每个人都是“印第安勇士”——穿着大部分出自工艺品商店的服装来到大议会。所有人都围着串珠头带，穿着普通衬衣改制成的流苏束腰外衣，和外侧缝上镶着流苏的紧身裤。他们脚上穿着莫卡辛软皮鞋，有些是用工艺品商店的皮革裁剪而成，更多的是高帮帆布鞋卷成软皮鞋的样子，在脚踝处缝上珠子和流苏。一些男孩在头带上插了羽毛——他们在树林里捡的，一些在手肘以上几英寸处戴上串珠臂章，还有一些扛着独木舟桨，上面画了一些图案，也像图腾柱一样涂了红、黑、白三种颜色。另外一些扛着从弓箭屋借来的弓——只有弓没有箭，还有小部分人带着小牛皮紧扎的仿制手鼓，手工制成的鼓锤把手上装饰着珠子。有几个手里拿着响铃一样的东西，用发酵粉罐子装满鹅卵石再加上装饰做成。年纪最小的营员裹着自己床上的毛毯当作印第安人的袍子，夜里降温时还能御寒。

巴基的印第安人装束是手工辅导员给他准备的。像其他人一样，他脸上也涂了可可粉，以模仿印第安人的肤色，两颊上画了对角交叉的所谓“战斗妆”，一边用木炭画成黑色，另一边用口红画成红色。他坐在唐纳德·卡普罗旁边，和其他科曼切木屋的男孩一起，沿长凳坐成一长排。到处是大声说笑的男孩，直到两个带着小牛皮手鼓的营员从长凳上起身，走到围着那堆生火的厚木的石头旁，面对面开始严肃地敲起鼓来，而那些拿着响铃的也开始摇晃起来，但都没在一个节奏上。

接下来所有人转身看向圆锥形帐篷。布隆巴克先生从椭圆形的门里走出来，头上戴着羽毛头饰，一圈都是白色的羽毛，顶尖是棕色的，后头还拖了一个羽毛辫子，一直垂到腰际。他的束腰外衣还有紧身裤，甚至是软皮鞋，都精心装饰了羽毛流苏、珠饰带子，以及长长的毛发束，看起来像是人的头发，但也可能是一元店买来的女用假发。他一手拿着棍子——“大酋长布隆巴克的战斧”，唐纳德悄声说道——上面满是羽毛，另一只手里拿着长木柄和陶土斗做成的和平烟斗[①]，木柄上悬挂着更多的羽毛。

所有营员都站了起来，直到布隆巴克先生从帐篷不动声色地

---

① Peace pipe，某些部落的北美印第安人于庆典、集会等场合使用的雕饰精美的长管烟斗，为和平的象征。

走到中间的议会圈。手鼓和响铃停了下来，营员们坐下。

布隆巴克先生把战斧和和平烟斗递给两个鼓手，然后夸张地把手臂抱在胸前，看了看四周长凳上所有的营员。他脸上涂了很多可可粉，但没有完全盖住他粗大的喉结，不过除此之外，他看起来像个真正的酋长。前几年他会对仪式上这些印第安勇士行礼——举起右手，手掌向前，他们也会集体回礼，同时咕哝一句“呃!”，但这种问候方式随着纳粹登上世界舞台而不得不被摒弃，他们用同样的方式表示“希特勒万岁!”。

“当野蛮的类人猿第一次直立行走时，”布隆巴克先生开始了他的演说，“——就有了人类！这一重大事件以点燃第一堆篝火作为象征和标志。”

唐纳德转向巴基，悄悄地说：“每周我们都要听一遍。小孩子一个字也听不懂。我猜就像会堂里的布道一样。”

“几百万年以来，”布隆巴克先生继续演说，“我们这个民族在这神圣的火焰中看到了作为光明、温暖、庇护以及友好的集会和议会的手段和象征。”

这时，一架飞机飞过营地上空，引擎发出巨大的响声，他停了下来。这种情况现在不分昼夜都会发生。战争刚开始时，北边大约七十英里处就安扎了一个空军基地，印第安山就在它的飞行路线上。

“所有关于壁炉、炉边和家庭的古老思想，”布隆巴克先生继续说，“其神圣性都集中在火的光亮上，家的纽带随着家庭之火的衰弱而减弱。只有木头点燃的古老的神圣之火才具有触发和撩动原始记忆之弦的力量。篝火旁的伙伴赢得你们的友爱，大家一起野营，和睦相处——一起赞叹朝阳、夜光、星辰、月亮、暴风雨、日落和黑夜——无论你们的世界相隔多远，你们都有永恒的纽带。”

他展开流苏装饰的双臂，伸向聚集的营员们，营员们则异口同声回应他那一大串豪言壮语：“篝火乃所有原始兄弟友爱之中心，吾必将取其魔力以为己用。”

这时鼓手敲响了手鼓，唐纳德悄悄对巴基说：“有个研究印第安人的历史学家，叫什么西顿。是他的神。那些话都是他说过的。布隆巴克先生用了和西顿一样的印第安名字：黑狼。他不认为这些是无稽之谈。”

接下来一个戴着大喙鸟面具的人站到座位的第一排，走向等待点燃的篝火。他向布隆巴克先生鞠了一躬，接着向营员们讲话。

“Meetah Kola nayhoon-po omnicheeyay neechopi。”

“是我们的巫医，”唐纳德低声说，“巴瑞·范伯格。”

“听我说，我的朋友们，”巫医继续他的演说，把刚刚那句印第安语翻译成了英语，“我们马上举行议会。”

一个男孩从第一排座位里走出来，手里拿着几根木头，其中一根削成了弓的形状，另一根大约一英尺长，一头尖尖的，其他几根比较短。他把木头放在巫医旁边的地上。

“现在让我们点燃议会之火，”巫医说，“按照森林之子的方式。我们不用白人的方法，而是——甚至就像瓦坎达①自己点燃篝火一样——在风暴中摩擦两根树木，这样就能从森林之木中生起神圣之火来。”

巫医跪下来，用木弓和长长的尖木锥子，还有其他零零碎碎的木块试着生火，许多营员站起来观看。

唐纳德悄声对巴基说：“有的等了。”

“能点着吗?”巴基悄悄问道。

“黑狼酋长用三十一秒就能点着。对营员们来说难了点。有时他们不得不让步，只能像无助的白人那样点火柴。”

一些营员站上长凳，为了一看究竟。几分钟后，布隆巴克先生朝巫医靠过去，边说边打手势，偷偷给他一些暗示。

又过了几分钟，营员们发出一阵欢呼，终于冒烟了，接着出现了火星，一吹就在引火的干松针、白桦树皮里燃起一个小火

① Wakanda，美洲土著苏族印第安人信仰的灵力神。

苗，火苗又点燃了厚木底部的火种，营员们齐声歌唱：“火，火，火，燃烧吧！火焰，火焰，火焰，翻滚吧！烟，烟，烟，升起来吧！”

接着，随着两个手鼓高-低-低-低哀乐般的节奏，大家开始跳起舞来：莫霍克人跳蛇舞，塞内卡人跳驯鹿舞，奥内达人跳狗舞，霍皮人跳玉米舞，苏人跳草舞①。有的舞蹈需要勇士们高高昂起头使劲跳，有的用脚后跟跳，每只脚跳两下，还有的需要在身前抬着鹿角，鹿角是用弯曲的树枝绑在一起做成的。有时他们像狼一样嚎叫，有时像狗一样狂吠。最后，天完全黑了。只有熊熊燃烧的篝火照着议会圈，二十个营员每人拿一把战斧，戴着珠子和兽爪串起的项链，借着火光出发去猎捕大熊米希-莫克瓦②。米希-莫克瓦由营地里块头最大的一个名叫杰若姆·郝伯格的男孩扮演。他就睡在巴基对面的床铺。杰若姆不知从哪个妈妈那里弄了一件旧毛皮大衣裹在身上，把大衣拉过头顶。

“我是无所畏惧的米希-莫克瓦，”杰若姆在大衣里咆哮了一声，“我，强大的山地灰熊，西方草原之王。”

猎手们由谢利·施莱伯带领，他也与巴基住同一个木屋。身

---

① 本句所涉均系印第安族名。
② Mishi-Mokwa，美国诗人朗费罗著名史诗《海华沙之歌》（*The Song of Hiawatha*）中被印第安人传奇领袖“海华沙”猎杀的大熊。

后鼓声咚咚，火光在他那涂了颜料的脸上闪烁。谢利说："这些都是我精挑细选的勇士。我们要去猎捕山地大熊米希-莫克瓦，他毁坏了我们的边境。我们一定要找到他，杀了他。"

这时，许多孩子开始大喊："杀了他！杀了他！杀了米希-莫克瓦！"

猎手们发出战斗时的嚎叫，跳起舞来，好像他们是后腿直立的熊一样。他们在地上夸张地嗅来嗅去，开始寻找大熊的踪迹。当他们走到他跟前时，他大吼一声站起来，吓得坐在附近长凳上的小男孩直叫唤。

"嘿，米希-莫克瓦，"领头猎手说，"我们找到你了。我数到一百，如果你不过来的话，无论我走到哪里，都会骂你胆小鬼。"

突然，大熊扑向他们。营员们欢呼起来，猎手们冲上前用粗麻布裹着的稻草战斧朝他猛砍，把他打晕。当米希-莫克瓦穿着皮大衣倒在地上时，所有猎手都围着他跳舞，轮流抓住他那只毫无生气的爪子，大喊着："嚯！嚯！嚯！"营员们的欢呼还在继续，他们发现自己被谋杀和死亡所围绕，为此兴奋不已。

接下来，一高一矮两个辅导员，分别扮演小不点羽毛和大个头羽毛，讲了一系列动物故事，小一点的孩子听了假装害怕地尖叫。布隆巴克先生那时候已经脱去羽毛头饰，把它放在和平烟斗和战斧一旁，他领着男孩们唱了约莫二十分钟熟悉的野营歌曲，使他们从扮演印第安人的激情中回到现实。接着他又说："以下是上周重要的战争新闻，是在印第安山以外发生的事情。意大利的英国军队突破了阿诺河，攻入佛罗伦萨。在太平洋，美军突击队占领了关岛，东条英机——"

"呸！呸，东条英机！"一群大点的男孩叫了起来。

"日本首相东条英机，"布隆巴克先生继续说，"不再担任日军总指挥一职。英国首相丘吉尔——"

"耶，丘吉尔！"

"——预言与德军的对抗可能比预想的更早结束。就在伊利诺伊州芝加哥市，想必现在你们很多人也知道了，民主党全国代表会第四次提名罗斯福总统参加竞选。"

讲到这儿，超过半数的营员起立高呼："万岁！罗斯福总统万岁！"有人疯狂地打起手鼓，又有人摇起响铃。

"还有，"等大家再一次安静下来，布隆巴克先生接着说，"我们要牢记在欧洲和太平洋浴血奋战的美国军队，你们所有人和我一样，在部队中都有亲人，你们要牢记篝火仪式结束前唱的倒数第二首歌，《神佑美利坚》。我们把它献给所有那些身处异乡、为国奋战的人们。"

起身唱过《神佑美利坚》之后，男孩们举起流苏袖子里的手臂，相互搂着肩膀，一排营员朝一个方向摆动身子，其他几排则朝另一个方向摆动，同时高歌一曲《待到重逢时》。在这首赞美友情的圣歌中，印第安之夜平静地落下帷幕。每年夏季在最后的印第安之夜上，每当唱起这首歌，许多将要回家的营员都会热泪盈眶。

而巴基在唱《神佑美利坚》时就已经洒下泪水，他想起了自己大学时代的好朋友。自从他听到他战死法国的消息，就一直会想到他。巴基在整个仪式中尽了最大的努力，既要关注篝火周围发生的一切，又要倾听身旁不时插嘴的唐纳德小声嘟囔，但他满脑子真正想的是杰克的死和杰克的生，如果他还活着，他会变成什么样。男孩们猎杀大熊时，巴基一直在回忆一九四一年春天的全州大学生运动会。那次杰克投铅球投出五十四英尺三英寸远，不仅打破了潘瑟学院的纪录，也创造了新的美国大学生纪录。《纽约明星纪事报》的记者问他怎么做到的。他咧嘴一笑——向巴基炫耀他的奖杯，顶上一个铜制的小铅球运动员，动作被定格在投掷的那一瞬间——告诉记者，“小菜一碟，”他眨了眨眼睛说，“抬高左肩，把右肩抬得更高，右手肘还要高，最高的是右手。这就是动作流程，只要照做，剩下的由铅球自己完成。”小菜一碟。对杰克来说，一切都是小菜一碟。他将来一定会去奥运会投铅球，一回家就会和艾琳结婚，会找一份大学体育教练的工作……他那么有天赋，有什么能难倒他的？

围着篝火

在如此闪亮的星光下

今晚我们在友谊中相会

围着喃喃低语的大树

保卫着我们金色的记忆

就这样在我们闭起眼睛进入梦乡前

让我们彼此宣誓

我们会保持印第安山的深厚友谊

待到重逢时

唱完这最后一首歌，营员们两人一组，跟着辅导员从将要熄灭的篝火旁的座位上离开，几个年轻点的辅导员留下来把火熄灭。他们拿着手电筒回小屋，不一会儿就消失在黑暗的树林里。偶尔有走远的孩子发出一声战斗的呐喊，几个披着毛毯的小家伙还沉浸在火焰的魔力中，仍在兴奋地大喊着："嚯！嚯！嚯！"少数几个把手电放到下巴下面，瞪大眼睛诡笑，在印第安之夜结束前最后一次扮鬼脸吓唬对方。之后将近一个小时还可以听到孩子们咯咯的欢笑声在一间间木屋里回荡，甚至在每个人都睡了以后，营地里仍旧弥漫着木头烧焦的味道。

过了六天，相安无事——这是目前为止营地里最美好的日子，七月的阳光厚厚地洒得到处都是，六个无与伦比的山区仲夏之日，天天都一样美好。第七天，凌晨三点，科曼切木屋里，有人像戴了脚镣般跌跌撞撞地进了浴室。巴基睡在浴室墙正对面一排床位的最里面，醒来时他听到那人在里面呕吐的声音。他从床下拿起眼镜，顺着过道看看是谁。唐纳德的床位空着。他起床走到浴室门口，抿着嘴悄声说："我是巴基。要帮忙吗？"

唐纳德无力地回答："我吃坏肚子了。没事的。"但很快他又开始反胃。巴基穿着睡衣，坐在床沿上等唐纳德从浴室出来。

加里·韦斯伯格睡在巴基隔壁，他也醒了。看到巴基坐着，他以手支头，轻声问道："怎么啦？"

"是唐纳德。他胃难受。你继续睡吧。"

唐纳德终于出了浴室。巴基一只手扶着他的手肘，另一只揽着他的腰，扶他回床上。他替他盖上被子，摸了摸他的脉搏。

"正常，"巴基小声说，"你感觉如何？"

唐纳德闭着眼睛答道："浑身无力。发冷。"

巴基把手放到唐纳德的额头上，有点烫。"要带你去医务室吗？发烧了，身子发冷，或许要找护士看看。"

"我没事的，"唐纳德的声音很虚弱，"睡一下就好了。"

但是第二天一早，唐纳德的身体虚弱到已经没法起床刷牙。

巴基又探了探男孩的额头，说：“我带你去医务室。”

“是流感，”唐纳德说，“天冷我还跳水。”他勉强笑了笑，“你提醒过我。”

“或许是天冷的原因。但你还在发烧，应该去医务室的。你疼吗？哪儿疼？”

“头疼。”

“疼得厉害？”

“有点。”

除了唐纳德和巴基，木屋里其他男孩都吃早饭去了。为了省下唐纳德换衣服的时间，巴基在他睡衣外面套了件浴袍，打算穿着拖鞋就把他送去营地大门口那边的小医务室。印第安山有两个护士，每次都留一个在那儿值班。

“我扶你起来。”巴基说。

“我自己可以。”唐纳德说。但是他没能站起来，却向后倒在床上，自己吃了一惊。

“我的腿。”他说。

“哪条？两条腿吗？”

“右腿。好像动不了了。”

“我们马上上医院。”

“我怎么走不动了？”唐纳德突然吓得声音发抖，“我的腿怎么没用了?”

“我也不知道,”巴基告诉他,“但医生肯定知道。他会帮你重新站起来。你等等。冷静点。我叫辆救护车。”

他飞快跑下山去布隆巴克先生的办公室,脑中想起艾伦、赫比、罗尼、杰克——还不够吗?现在又是唐纳德?

营地指导员正在餐厅和营员、辅导员们一起吃早饭。巴基走进餐厅时放慢了脚步,看见布隆巴克先生在中间桌子的老位置上。营员们特别喜欢这样的早晨,厨师端上煎饼,你可以闻到枫糖浆的味道,糖浆像小河一样在盘子上到处流动。“布隆巴克先生,”他小声说,“能出来一下吗?有要紧事。”

布隆巴克先生站起身,他们俩出了门,走到离餐厅几步远的地方。巴基说:“唐纳德·卡普罗可能得了小儿麻痹症。我让他躺在床上。他的一条腿不能动了,还头疼发烧。他昨晚上吐了。我们最好叫辆救护车。”

“不行,救护车会惊着大家。我开车带他去医院。你确定是小儿麻痹症?”

“他的右腿动不了,”巴基回答说,“站不起来,还头疼,浑身无力。听起来不像是小儿麻痹症吗?”

巴基跑上山,布隆巴克先生去取车,随后也开上了山,停在小木屋外面。巴基给唐纳德裹上毛毯,和布隆巴克先生一起扶他下床走到俯瞰湖面的门廊。他们俩在两边扶着他。巴基不在的时候，唐纳德那条好腿也开始不好使了。所以他们扶他下台阶上车时，他的两条腿都在身后无力地拖着。

“不要和任何人提起这件事，”布隆巴克先生对巴基说，“我们不想孩子们恐慌，也不想辅导员们恐慌。我现在送他去医院。到了那儿我会给他父母打电话。”

巴基看了看躺在后座上的男孩，他闭着眼睛，开始呼吸困难。他还记得第二晚唐纳德怎样在湖边跳水，比起第一晚，那时的他甚至更信心满怀，动作更流畅、平衡；记得唐纳德是多么健壮，在他秀完全部看家本领后，巴基又花了半个小时教他燕式跳水；记得唐纳德怎样通过一次次练习越跳越好。

巴基敲了敲车窗，唐纳德睁开眼睛。“你不会有事的。”巴基告诉他。然后布隆巴克先生发动车子。巴基跟着车子跑起来，他朝唐纳德大喊：“过几天我们再去跳水。”但看得出来男孩的病情明显恶化，眼神也是阴森森的——两只烧红的眼睛扫过巴基的脸，疯狂地寻找无处可寻的灵丹妙药。

幸好营员们还在吃早饭。巴基跑上木屋台阶，把唐纳德的床铺尽量收拾整齐，床上没有毛毯，因为刚刚用来裹身子了。然后他走到门廊上，俯视着湖面，他手下的工作人员很快就会在那儿汇集。他扪心自问：除了我，还有谁会把小儿麻痹症带到这里呢？

他告诉木屋里其他孩子唐纳德因为肠胃炎被送去了医院，要康复了才回来。事实上，医院的脊椎穿刺已证实唐纳德·卡普罗得了小儿麻痹症，布隆巴克先生则通知了他父母，他们正从黑泽尔顿的家中赶往斯特劳兹堡。巴基开始了在滨水区的一天，和辅导员们一同协作，和年幼的孩子泡在水里，在跳板上纠正年龄大点的孩子的跳水姿势。那些孩子疯狂地爱上了跳水，要是由着他们，他们可以一整天除了跳水什么也不干。接着，下班后，等营员都回到小木屋换下脏衣服准备吃晚饭时，巴基摘掉眼镜，站上高跳板，花半小时把自己会的高难度跳水动作集中做了一遍。等他跳完，从水里出来，戴上眼镜，他仍然无法忘记发生的事情——事情发生得太快，他觉得是他造成的。他甚至认为总理大道小学操场上的小儿麻痹症也是他引起的。他蓦地听到一声尖叫，那是迈克尔斯家楼下那个女人的尖叫，她怕自己的孩子会因染上小儿麻痹症而死去。只是他不仅听到了尖叫——他就是那声尖叫。

那晚他们又乘独木舟去了岛上。马西娅还不知道唐纳德生病的事。布隆巴克先生打算第二天吃早饭时告知所有营地人员，到时营地医生亨特雷会陪着他。亨特雷来自斯特劳兹堡，定期会来营地，也常被叫来和营地护士一起治疗一些诸如体癣、脓包、结膜炎、藤毒之类的小毛病，最严重的也不过是骨折。虽然布隆巴克先生预期一些家长会立马带孩子离开营地，他却希望通过亨特雷医生的协助能把恐惧最小化并减少任何恐慌情绪，这样营地就能正常营业到夏天结束。他从医院回来后把这件事私底下告诉巴基，提醒他什么也别说，由他自己来告知大家。唐纳德的情况更糟了，肌肉和关节剧痛不止，或许还需要铁肺帮助呼吸。他父母赶到时，他已被送进隔离病房。由于有传染的危险，他们没能见他一面。医生向布隆巴克先生解释了唐纳德那些看似流感的症状是如何迅速演变成这种最致命的疾病的。

一到岛上，巴基就把这一切告诉了马西娅。

他的话让她大吃一惊。她坐在毛毯上，双手捂住脸。巴基在空地周围踱来踱去，不敢把剩下的话告诉她。对她来说，听到唐纳德的消息已经够难了，她不必再听到关于他的事。

“我得和父亲谈谈，”这是她说的第一句话，“我必须给他打电话。”

“为什么不先等布隆巴克先生先告诉营地的人呢?”

“他早该说了。这种事还能等吗?”

“你认为他应该遣散营员?”

“那就是我要告诉父亲的。太可怕了。你木屋的其他男孩怎么样?”

“目前为止似乎还好。”

“你呢?”她问。

“我很好,”他说,“我得告诉你,几天前我在湖边给唐纳德上了两次课。教他跳水。他看起来健康极了。”

“什么时候?”

“大约一周前。晚饭过后。是我由着他在冷天里跳水。也许我做错了,错得离谱。”

“哦,巴基,这不是你的错。只是太可怕了。我为你担心,为妹妹们担心,为营地每一个孩子担心。也为自己担心。像这样的夏令营,到处是朝夕相处的孩子,一起病例就不仅是一起病例而已。就像干柴堆里点着了一根火柴。比起城市,这里的一起病例要危险一百倍。”

她坐着不动,而他继续踱着步子。他不敢接近她,怕传染给她,如果她还没被传染的话。但愿他没有把病传给任何人!湖边那些小家伙!滨水区的工作人员!每晚在餐厅和他吻别的双胞胎!他心烦意乱,摘下眼镜,紧张地揉了揉眼睛。四周的白桦树在月光下看起来像无数变了形的鬼魅——小儿麻痹症患者的鬼魂突然出没在他们的爱之岛上。

“我们回去吧,”马西娅说,“我得给父亲打电话。”

“我答应过布隆巴克先生不和任何人提这事的。”

"我不在乎。至少我得为妹妹们负责。我必须告诉父亲发生了什么，问问他怎么办。我害怕，巴基，怕极了。以前我一直觉得小儿麻痹症永远不会发现树林里的这些孩子——不会在这儿发现他们。我以为如果待在营地里哪儿也不去，他们就不会有事。它怎么会穷追不舍到这儿呢?"

他不可能知道答案。她吓坏了，也听不进去。事态严峻，他不知怎么办才好，说不出话来。事情闹得这么大，他把事情弄得一塌糊涂。

马西娅站起来叠好毛毯，他们把独木舟拖回水里，返回营地。上岸时已经接近十点，辅导员们正在小木屋里催促营员上床睡觉。除了亮着灯的布隆巴克先生的办公室，营地其他地方看起来空无一人。电话亭外没人排队，明天可能就会有了，一旦唐纳德的消息传出去，营地生活一定会起波澜。

马西娅关上电话亭的折叠门，这样就不会被周围的人听到。巴基站在电话亭边，试着根据她的反应去猜斯坦伯格医生的回话。马西娅嗓音闷闷的，所以巴基在电话亭外听到的不过是虫子的嗡嗡声。这让他回想起纽瓦克那个令人窒息的傍晚，他和斯坦伯格医生坐在后门廊上吃那只美味桃子的时候。

一听到电话那头父亲的声音，她的痛苦似乎就减轻了。电话只打了几分钟，后来她坐在亭子里的小座儿上跟他通话。那天中午本来巴基要和卡尔一起去斯特拉兹堡给她买订婚戒指，现在订婚的事已经抛诸脑后。马西娅脑子里想的只有小儿麻痹症一件事，和他整个夏天脑子里所想的一样。在小儿麻痹症面前他无路可逃，并不是因为它跟着他到了波科诺山，而是因为他把它带到了波科诺山。马西娅问过，小儿麻痹症怎么会穷追不舍到这儿？是新来者传过来的，正是她的男朋友！巴基想起夏天早些时候他在总理大道小学工作时所有那些得了小儿麻痹症的男孩，还想起那天下午在球场上他怎么阻止肯尼·布鲁门菲尔德攻击贺拉斯。他觉得肯尼不应该要杀那个弱智，因为不是他传播了小儿麻痹症——该杀的是他这个操场管理员。

马西娅开了门，走出电话亭。父亲告诉她的一切使她冷静下来。她抱着巴基说："我太担心妹妹们了。我知道你一定不会有事，你身强体壮的，但是那两个女孩太让我担心了。"

"你父亲说什么了？"他扭过头去问，不对着她的脸呼气。

"他说会给布隆巴克先生打电话，听起来好像他会做所有该做的事。他说不要因为一起小儿麻痹症病例就遣散二百五十个孩子。他说很多家长一定会惶恐不安，把自家孩子领回去。但我不应该恐慌，也不要让妹妹们惶恐不安。他还问到你。我说你像岩石一样坚固。哦，巴基，我感觉好点了。他和母亲这周末会开车过来，本来他们打算去海边的。他们想让妹妹们安心。"

“好。”他说。虽然他把她抱得很紧，但道别时他特别小心不要亲吻她的嘴唇，而是吻了她的头发，就好像到了这个时候他这么做还能改变什么似的。

第二天一早，吃过早饭，布隆巴克先生摇了摇牛铃，铃声总是在他向营地所有人员宣布事宜前响起。他站起身时，营员们都安静下来。“早上好，孩子们。今早我有一个重大消息要告诉大家，”他说，声音很平静，听不出一丝惊恐，“事关我们一位辅导员的健康状况。他叫唐纳德·卡普罗，住在科曼切木屋。两天前的一个晚上，唐纳德病倒了，昨天早晨才醒过来，发着高烧。坎特先生第一时间告诉了我唐纳德的身体状况。我们决定送他去斯特拉兹堡医院。在那儿做了检查，确诊了小儿麻痹症。他父母也赶到了医院陪他。他正在接受治疗，医护人员会照顾好他。我请到了我们营地的医生亨特雷先生，他想和你们说几句话。”

毋庸置疑，辅导员和营员们在得知营地的一切陡然生变时都很吃惊——生活中的一切都发生了改变——他们默默地等着听医生怎么说。医生是个中年人，处变不惊的样子。他从一开始就担任营地医生一职，身上有一种冷静的使人心安的气质。因为戴着无框眼镜，白发稀疏，脸色苍白平淡，这种气质更明显了。他的装束和营地里的人都不一样，穿着套装、白衬衫，打着领带，脚上是一双黑鞋。

“早上好。你们当中有一些人不认识我，我是亨特雷医生。我知道你们生病时会告诉辅导员，他们会安排你们去看营地的护士，鲁德克小姐或是索思沃思小姐，如果有必要的话也可以来找我。好吧，我要鼓励你们接下来的几天、几周都照常生活。有任何生病的迹象，及时告诉辅导员，就像以前一样。如果喉咙痛，脖子动不了，或者胃不舒服，就告诉辅导员。如果头痛，感觉发烧了，告诉辅导员。如果觉得不大舒服，也要告诉辅导员。你们的辅导员会带你们去护士那里，她们会照顾你们，也会和我联系。我希望大家都健健康康的，好好享受剩下的几周。”

亨特雷医生只说了这几句安抚人心的话，然后坐下了。布隆巴克先生又站起来。“我想让大家知道，中午之前我会给你们所有人的家长打电话，告诉他们事情的进展。还有，请几个总辅导员马上到我办公室来。其他人，”他说，“解散吧。今天的安排照旧，照常活动。出去享受阳光吧——又是美好的一天。”

马西娅和其他三个总辅导员冲到布隆巴克先生的办公室。巴基没有去滨水区，虽然离开餐厅后他本打算过去的。他跑着去追亨特雷医生，想趁他上车回镇上前赶上他。他的车停在旗杆那边。

他听到身后有人喊他的名字。“巴基！等等！等等我们！”是斯特伯格家的双胞胎，跟在他后面跑着，“等一等!”

“姑娘们，我要去见亨特雷医生。”

“巴基，”双胞胎中的一个说道，抓住了他的胳膊，“我们该怎么办?”

“听布隆巴克先生的话，就继续你们的活动好了。”

“但小儿麻痹症——”她们试图搂住他的腰，想紧贴在他宽阔的胸膛上寻求安抚，他立刻往后退，害怕对着那两张同样惊慌失措的脸呼吸。

“不要担心小儿麻痹症，”他说，“没什么好担心的。希拉，菲莉丝，我要赶紧走了——这事很要紧。”然后他就把她们晾在了那儿，没有任何安慰。双胞胎面面相觑。

“但我们需要你!”有一个在他身后喊道，“马西娅在布隆巴克先生那边!”

“下午再见!”他也喊着回答了一句，“我保证！一会儿见!”

亨特雷医生已经开了车门，正要上车时，巴基赶到了。“亨特雷医生，我得跟你谈谈。我是男孩营地滨水区的管理员。我叫巴基·坎特。”

“对，比尔·布隆巴克提到过你。”

“亨特雷医生，我得告诉你一些事。上周五我从纽瓦克过来，我在当地威夸依克社区的一个操场上工作，那儿正流行小儿麻痹症。唐纳德·卡普罗和我晚饭后一直在滨水区练习，共有两晚。每天我们一起吃午饭。我们住一间小木屋。印第安之夜我就坐在他旁边。现在他得了小儿麻痹症。医生，是不是我传给他的？我会不会也传给了其他人？有这个可能吗？”

这会儿亨特雷医生已然下了车，以便更好地听清楚这个看上去精力充沛的年轻人跟他说的那些过于担忧的话。“你身体怎么样？”他问巴基。

“我很好。”

“嗯，健康的病毒携带者，这样的可能性微乎其微。虽然有可能，但这是非常罕见的异常情况。通常来讲，携带病毒就意味着需要治疗了。但为了让你放心，”医生说，“为了百分之百确定，我们还是给你做个脊椎穿刺，抽一点脊髓液分析一下。脊髓液有变化就意味着得了小儿麻痹症。就今天上午，我们马上去做，否则你也不安心。我们一起坐车去医院，然后打电话叫卡尔开车接你回来。”

巴基跑到滨水区，告诉员工上午他要外出，让一个年龄大点的辅导员来接替他，直到他回来。然后他跑回亨特雷医生那儿，跟他一起去斯特拉兹堡。但愿检查结果表明不是他的问题！但愿他是清白的！等医院的检查结束，一切都显示正常了，他就可以在返回营地的途中，在斯特拉兹堡的珠宝店逗留一下，给马西娅买订婚戒指。他要买一枚真正的宝石戒指。

当天晚些时候，陆陆续续有车过来接营员们回家。一直到午夜，甚至到第二天都还有车不断进来。从布隆巴克先生早饭时向营员宣布有个辅导员得了小儿麻痹症之后，四十八小时之内，二百五十个营员中有超过一百个被父母接走了。第二天，巴基木屋里又有两个男孩——其中一个是杰若姆·郝伯格，就是印第安之夜扮演大熊的那个——确诊患了小儿麻痹症，整个营地立即被关闭。印第安山另有九个营员病倒，回家后因患小儿麻痹症而住院，这其中就有马西娅的妹妹希拉。

三 重 逢

我们在小区里再也没见过坎特先生。斯特拉兹堡医院的脊椎穿刺结果呈阳性。尽管在接下来的近四十八个小时里没有出现病症，他还是立马被紧急送往传染病病房，不允许探望。最后，灾难开始了——头痛欲裂，身子乏力，精疲力竭，严重的呕吐，高烧不退，还有难以忍受的肌肉疼痛，四十八小时之后，他瘫痪了。他在那儿住了三个星期，之后就不再需要导尿或灌肠，他们把他转移到楼上，开始用蒸汽处理过的羊毛敷料包裹着最先遭殃的胳膊和大腿进行热敷治疗。每天四次热敷，持续四到六小时，令人难以忍受。幸运的是，他的呼吸肌没有感染，用不着装铁肺帮助呼吸，这是他最害怕的事。当他得知唐纳德·卡普罗也在同一家医院，靠一个铁肺苟延残喘时，他心里充满恐惧，眼里噙满泪水。那个跳水运动员唐纳德、铁饼运动员唐纳德、将要成为海军航空兵的唐纳德，已经四肢无力，肺部全损。

最后坎特先生被救护车送到费城一个叫修女肯尼康复院的地方。到了夏天的这个时候，这儿的疫情几乎和纽瓦克一样严重。康复院病房里人满为患，能找着床位也算他走运。在那儿热敷治疗仍然继续，配合着痛苦的肌肉拉伸治疗，他胳膊、大腿还有背部的肌肉已经萎缩——瘫痪造成的肌肉扭曲，拉伸是为了“重新训练”肌肉。接下来的十四个月他都在肯尼康复院进行康复治疗，右臂的功能逐渐复原，双腿也部分恢复，但下部脊椎扭曲变形，只能几年后再进行手术融合和骨移植，再用钢筋固定脊椎。手术后为了恢复，他背部打了半年的石膏，由外祖母日夜看护。一九四五年四月，他还在肯尼康复院的时候，罗斯福总统意外身亡，举国哀悼，接着五月，德国战败投降，八月，两颗原子弹在广岛、长崎爆炸，几天后日本主动向同盟国投降。第二次世界大战结束了，他的好友戴夫毫发无伤，就要从欧洲的战场上重返家园。美国举国欢庆，可他还在医院里，容毁身残。

在肯尼康复院他是少数几个没有卧床不起的病员之一。几周后，他用上了轮椅，回纽瓦克时也坐在轮椅上。出院后在纽瓦克继续接受治疗，一段时间后，他的右腿肌肉功能完全恢复。寄来的账单上是个天文数字，成千上万，但这笔费用由修女肯尼康复院和“十美分活动”组织替他支付。

他再也没有回总理大道小学教体育课，也没有再管理过操场。在威夸依克当田径教练的梦想已经无法实现。他彻底放弃了教育行业，有过几次不走运的职业尝试。起先在埃文大街的零售商店，也就是外祖父原来那间铺子干活，后来因为身体残疾找不到其他工作，就在斯普林菲尔德大街的加油站做加油工。他和那些粗鲁的工人完全不同，顾客有时叫他“跛子”，最后他参加了公务员考试。因为分数很高，又是大学生，后来就在市中心的邮局找到一份办公室的工作，靠政府发的薪水养活自己和外祖母。

一九七一年，我偶然碰到他，那时我已从建筑学校毕业多年，在纽瓦克邮局斜对面的一栋房子里设了自己的办公室。在最终认出他之前，我们在布罗德街上可能擦肩而过了一百次。

我正是当年总理大道小学操场上的男孩之一，一九四四年夏天，我得了小儿麻痹症，后来在坐了一年轮椅，接受了漫长的康复训练后，才能拄着拐杖、手杖到处走动，双腿至今还戴着支架。大约十年前，在有了给市里一家建筑公司当学徒的经验后，我和一个机械工程师合开了一家公司，他和我一样，小时候也得过小儿麻痹症。我们开了一家专营轮椅无障碍改装的咨询和承包公司，营业范围大到给房子加建房间，小到安装扶手杆、调低壁橱杆、重装电灯开关，等等。我们设计安装坡道和轮椅提升机，也拓宽门道，还改装浴室、卧室、厨房，等等——一切都是为了改善像我合伙人那样必须坐轮椅的人的生活质量。坐轮椅的人可能要花一大笔钱才能改建房屋，但我们尽力控制预算，降低价格。除了保证质量，这也是我们成功的主要原因。其他的就靠运气了，公司位置好，时机也不错，在人口众多的新泽西北部，人们开始认真关注残疾人的特殊需求，而我们是当地唯一一家提供相应服务的公司。

人有时候走运，有时候不然。每一种人生都是偶然的。运气——这残暴的偶然性——一旦获得，就意味着一切。我想坎特先生责问他口中的上帝时，他所指的就是“运气”吧。

坎特先生的左臂肌肉仍旧萎缩，左手也废了。左小腿肚的肌肉受损，所以走路时一瘸一拐的。近年来，他的左腿变得越来越乏力，小腿大腿都是，而且开始出现严重的疼痛，这是他自康复以来近三十年的第一次。结果，在经过医生检查，又去了几次医院的支架店后，他左边整条腿戴上了支架，有裤子遮着。疼痛并没有减缓太多，但靠着支架和手杖，他能保持平衡，站得也很稳。不过，如果情况继续恶化——近几年许多小儿麻痹症患者常常出现这种情况，即所谓的小儿麻痹症后综合征——可能不久就又不得不坐回轮椅上了，他是这么说的。

一九七一年一个春日的中午，我们在繁忙的布罗德街上相遇，我们俩就在这条街上工作。是我认出了他，尽管他已经蓄起胡子掩饰自己。五十岁的他，曾经的黑发已经不再剪成部队里的短寸，而是像头顶上一丛白色的灌木，胡子也花白了。而且他再也不迈着那种运动员般的内八字了。他脸上生了肉，原本清晰的轮廓已经不见，完全没了往日的风采，以前他有褐色的皮肤，头部像是按照最严格的直线规格打造——那是年轻男子的头部，不加掩饰地展示着自己。原来那张脸现在埋葬在另一张肉乎乎的脸下面，那是人们照镜子看到衰老的自己时无可奈何常常想要藏起来的一张脸。他不再是当初那个肌肉紧实的年轻人了，他的肌肉全没了，紧实的身子变得圆鼓鼓的。现在他就只是胖而已。

我那时三十九岁，蓄了胡子，个子不高，也很胖，一点也不像小时候那个瘦弱的孩子。当我在街上认出他时，我简直太激动了，不禁在他身后大喊："坎特先生！坎特先生！我是阿诺德·梅斯尼科夫，从总理大道小学操场来的。艾伦·迈克尔斯是我最好的朋友。上学时他一直是我的同桌。"尽管我从未忘记艾伦，但在他死后的多年里，我从来没有大声说出过他的名字。那十年间，似乎世上最最危险的事都发生了，战争，原子弹，还有小儿麻痹症。

街上的第一次相遇激动人心，那之后，我们开始每周一次在附近的餐馆共享午餐，我就是这样听说他的故事的。事实上，我是第一个知道他所有故事的人，他从头到尾给我讲了一遍，而且——一周一周过去了，他跟我讲的内容越来越私密——几乎是毫无保留。我认真地倾听，试着理解他的全部，而他则寻找恰当的词语来讲述有关自己生命中更美好的部分的所有记忆。像这样聊天对他来说谈不上快不快乐——这种他很快控制不住的一吐为快既不能减轻他的负担，也不能弥补他受到的伤害，就像一个流亡者痛苦地回到不再属于自己的故土，发现他深爱的故乡正是他的毁灭之地。我们两个在操场上时并不怎么亲近——我体育不好，害羞，话也不多，体格瘦弱。但因为在那个可怕的夏天，我也在操场上晃悠，而我是他在操场上最喜欢的孩子的最好的朋友，又和艾伦还有他自己一样得了小儿麻痹症。于是他以一种自我折磨的方式对我直截了当地坦白了一切，这有时让我感到惊讶。因为之前他对我，这个成年后的听众一无所知，如今这个听众却鼓励他说出自己的秘密，就像他以前鼓励我和其他孩子一样。

大体上，当他谈起多年来一直缄口不提的事情，不管是身体残疾，还是因为持续的羞耻而意志消沉，身上都笼罩着根深蒂固的挫败感。他是这个国家最伟大的小儿麻痹症患者的原型，富兰克林·德兰诺·罗斯福的对立面，他没有战胜病痛，却被病痛打败。瘫痪和随之而来的一切已经无可挽回地摧毁了他作为男子汉的自信，他的生命已经不再完整。大多数时候巴基觉得自己在性别那栏是空的——就像在空空的弹药筒里——对于一个在国家苦难和冲突时代长大的男孩来说，这是令人羞愧的自我评价，因为在那个时候，身为男人就意味着他是家与国的顽强的捍卫者。当我告诉他我结婚了，有了两个孩子，他回答说瘫痪之后他从未有过和人约会的想法，更别提结婚了。除了医生和外祖母（她还活着的时候），他决不会把已经萎缩了的胳膊和腿给任何人看。离开肯尼康复院后，是外祖母无微不至地照顾着他，尽管胸痛被诊断为严重的心脏病，但他在康复院的那十四个月，她每周日下午都从纽瓦克乘火车来费城看他，一次不落。

她早已不在人世，但直到一九六七年他发觉自己身处纽瓦克骚乱的中心——街上一栋房子烧毁了，附近的屋顶上也有人开枪——他才搬离埃文大街附近巴克利街上的经济公寓房。他得爬上室外几段楼梯才能找到方向——以前他喜欢三个台阶并作一步——因此，无论什么季节，不管台阶上有多厚的冰、有多滑，他都会吃力地爬到三楼的公寓，在里面待着。在那里面，他享受过外祖母无尽的爱，也最清楚地记得她慈母般的声音。尽管，尤其是尽管他的生活中已没有了过去的亲人，他也可以——在一天的工作结束后，登上台阶到房门前时，他常常不由自主地——清晰地记起外祖母跪着用硬毛刷和肥皂水每周洗刷一次楼梯台阶的画面，或者在煤炉上为他们的小家庭煮饭的画面。这是他对女性的情感依赖最极致的表达。

自从一九四四年七月去印第安山营地之后，他再也没回过威夸依克，也没回过总理大道小学他曾经执教的体育馆或操场。

“为什么不回去呢?”我问。

“为什么要回去?对总理大道小学操场来说我就是‘伤寒玛丽’①。我是操场上的小儿麻痹症病毒携带者。我是印第安山的小儿麻痹症病毒携带者。”

他对自己的这种看法对我打击很大。我从没料到会听到这么严重的话。

“是吗?可没有证据表明是你的错啊。”

“也没有证据表明不是我的错。”他说话的时候，就像我们午餐聊天的大多数时候一样，不直视我的脸，要么看着远方某个看不见的地方，要么低头看着盘子里的食物。似乎不希望我或任何人好奇地盯着他的眼睛。

“但你也是小儿麻痹症患者，”我告诉他，“你也和我们这些不幸的人一样，在疫苗问世的十一年前就患上了小儿麻痹症。二十世纪医学取得非凡的进展，但对我们来说，还是有点太慢了。如今，小孩子过暑假完全可以无忧无虑。小儿麻痹症造成的影响也已完全消失。再没有人像我们当初那样无助。但我要特别替你

---

① Typhoid Mary，本名玛丽·梅伦，美国历史上著名的“零号病人”和伤寒病毒超级传播者。

说一句，很有可能是唐纳德·卡普罗把小儿麻痹症传染给了你，而不是反过来你传给了他。”

“那希拉呢，斯坦伯格家的双胞胎妹妹——又是谁传给她的呢？好吧，现在重提这一切已经太晚了。”他说。然而奇怪的是，几乎所有的事他都跟我翻来覆去地谈过了。“过去的事已经过去，”他说，“不管我做过什么，都无法挽回了。我所没有的，我不靠它过活。”

“但即使你可能是病毒携带者，你也是不知情的。这些年来，你再怎么着也不能因为莫须有的事情而惩罚自己、鄙视自己。这个判决过于严厉了。”

他沉默了，专心研究起远处那个吸引他的地方——在我脑袋旁边，远处某个地方，那里很可能写着一九四四几个数字。

“说实话，这些年来我心里念叨最多的，”他说，“是马西娅·斯坦伯格。我把自己从很多事中解脱出来，但唯有她我无法忘怀。这么多年过去了，有时我还觉得能在街上认出她。”

“好像她还是二十二岁？”

他点点头，接着继续透露这段情感秘密。他说：“每到周日，我当然不愿意想起她，但事实往往相反。我试着不去想，却总做不到。”

有些人你一转身就遗忘了，但巴基对马西娅不是这样，关于马西娅的记忆仍然历历在目。

他用那只健全的手伸进夹克口袋，掏出一个信封递给我。收信人是巴克利街十七号的尤金·坎特，邮戳上盖的是斯特拉兹堡，一九四四年七月二日。

“打开吧，”他说，“我带来就是给你看的。她离开营地没几天给我寄来的。”

信封里是一张淡绿色的小信笺，上面写了工工整整的帕尔默体。是这么写的：

我的男人我的男人我的男人我的男人我的男人
我的男人我的男人我的男人我的男人我的男人
我的男人我的男人我的男人我的男人我的男人
我的男人我的男人我的男人我的男人我的男人

头一页信纸从头到尾写满了这样的字，反面也写到了当中，这四个字一遍又一遍重复，工工整整排在一条看不见的直线上。信的落款只写了她的名字首字母 M，一个高大优美的大写字母，折线和竖线用了点花体，紧随其后的是“（就是‘我的男人’里的 M[①]）”。

① 这里“我的男人”原文是 My Man，故有此说。

我把信纸放回信封，递还给他。

“一个二十二岁的女孩写给初恋情人的情书。你收到信一定很开心。”

“我下班回家后收到的。吃晚饭时我把它藏在口袋里，上床时带着它，睡觉时拿着它。后来电话铃声把我吵醒了。外祖母睡在客厅那头的房间。她也惊醒了。‘这么晚会是谁啊？’我到厨房去接电话，看了下时钟，半夜十二点刚过。是马西娅从布隆巴克先生办公室后面的电话亭打来的。她本来已经在木屋的床上躺下了，却睡不着，就起床穿好衣服，趁着夜色出来给我打电话。她想知道我是否收到信了。我说已经收到。我说我是她的男人，说了二百八十遍——这一点她不用怀疑。我说我永远是她的男人。然后她告诉我，她想唱歌给她的男人听，哄他入睡。黑暗中，我穿着圆领汗衫坐在厨房餐桌旁，热得浑身冒汗。又是个大热天，即使到了午夜也没凉下来半分。街对面所有公寓的灯都关了。我想整条街上没有人醒着。”

“她给你唱歌了吗？”

“一首摇篮曲。我没有听过，但的确是摇篮曲。她唱得非常非常轻柔。就在那儿，就那个声音，从话筒那边传过来。这歌也许是她从小就记得的。”

“所以你受不了她轻柔的声音。”

“我惊呆了，因为太幸福而感到震惊，对着话筒小声说：‘你怎么这么优秀?’我无法相信世上会有这样的女孩。我是这世上最幸运的家伙。你明白我的意思吗？她那么爱我，我怎么能无动于衷?”

“可后来你们分手了。”我说，“怎么分手的？你从没提起过。”

“不，没有分手。我不让马西娅来看我。所以我们才分开的。瞧，也许我说得够多了。”因为吐露了真实感受，他突然感到一阵羞愧，也不安起来，脸变得通红，“我到底是怎么开始的？那封信。因为找到了那封信。我不应该去找的。”

他把手肘撑在桌上，用那只健全的手捂着通红的脸，指尖揉了揉闭着的眼睑。我们到了故事最难以启齿的部分。

“你和马西娅是怎么分手的?”我问。

“她到斯特拉兹堡的医院时，我已经搬离隔离病房，我叫他们赶走她。她给我留了张字条，告诉我她的小妹妹病得不重，不会瘫痪，三周后就痊愈了。听到这个消息我松了一口气，但我还是不想继续和这家人扯上关系。马西娅第二次来找我时，我已经转院到费城。那次我见了她。我们吵得很凶。我以为她不会吵架——以前我从来没有在公共场合见过她对任何人发火。从那以后她再也没有来过。我们也没有再联系过。我在费城时她父亲给我打过电话，但我没接。后来我在斯普林菲尔德大街上的埃索加油站工作，有一天他突然开车来加油。千里迢迢跑到这里来加油。”

“他是为她而来的吧？想让你回心转意？”

“我不知道，也许吧。我让另一个人给他加的油。我躲了起来。我知道说不过斯坦伯格医生。我不知道他女儿怎么样了。我不想知道。不管她嫁给谁，希望他们和他们的孩子幸福安康。在他们仁慈的上帝在他们背上扎上一刀之前，就让我们祝福他们尽享他的恩典吧。”

像巴基·坎特这样的人，说出这样的话未免太过刻薄。一时之间，他似乎因为刚才那句话而心烦意乱。

“我欠她自由，”终于他开口了，“就还她自由。我不想让这个女孩觉得她被我缠住了。我不想毁了她的一生。她爱的不是跛子，不应该被一个跛子缠住。”

“可这不是由她决定的吗？”我问，“我的经验是，对于某类女人来说，有时候，受过伤的男人更有魅力。”

“听我说，马西娅是个甜美纯真、有教养的女孩。她父母很善良，有责任心，教育她和妹妹们要以礼待人、乐于助人。”巴基说，“她很年轻，刚教一年级不久，乳臭未干。那么个小不点，甚至比我还矮几英寸。即使她比我聪明也没用，她仍然不知道如何摆脱困境。所以我替她做了决定。我做了我该做的。”

“你考虑得真多，”我说，“听上去考虑得万分周全。”

聊天过程中他偶尔会展露笑容，那笑容很有种苦相，与其说是高兴，不如说是疲倦。他一点也不轻松。轻松的表情不见了，就像曾经专属于他的活力和勤勉也都消失了。当然，那种运动员的气质也消失殆尽。这不仅是一只胳膊、一条腿失去了功用。他原本的个性，见到他时迎面扑来的所有生机勃勃和意志坚强的神气，似乎都已荡然无存，被撕成碎片飘走了，就像他和马西娅在印第安山湖上小岛的第一晚从桦树上剥下来的那一小片树皮一样。几个月来，每周我们有一天在一起吃午饭，他从来没有放轻松过，他曾说，“她喜欢的那首《我会见到你》，我永远也忘不掉。即使它听起来多愁善感，但我一辈子都不会忘记。如果再听一次，我不知道会有什么反应”，说这些时他是一如既往的沉重。

“你会放声大哭。”

“也许吧。”

“你有这个权利，”我说，“失去那样真心的爱人，任何人都会痛苦。”

“哦，我操场上的老伙计，”他说，心里涌起比刚刚说话时更多的情感，“我从没想过我们会那样结束。从来没有。”

“她对你发火时——她来费城见你那次——”

“之后我再也没见过她。”

“你有说过。但发生了什么事?”

他告诉我，那是十月中旬一个晴朗的星期六，他坐在轮椅上，正值秋季，外面还算暖和，他们可以到室外转转，她也可以坐在肯尼康复院前面草坪的长凳上，头顶的树叶已经变色，开始飘落。虽然暖和，但东北部各州的小儿麻痹症仍在苟延残喘。那时巴基已经近三个月没见过她，也没和她说过话了，所以她还没机会见到他的腿有多跛。他们之间有信件往来，不过不是巴基和马西娅，而是巴基和马西娅的父亲互相通信。斯坦伯格医生写信告诉巴基他有义务让马西娅来看望他，还直接告诉他马西娅的心意。“马西娅和我们这个家，”斯坦伯格医生写道，“对你有更多的期望。”面对这样一封医生写在医院专用信笺上的手写信件，巴基当然毫无招架之力，因此就定下了马西娅过来的日期、时间。争吵几乎在她刚到的时候就开始了，他一眼就注意到她的头发比上次见到时更长，这使她看起来比在营地时更有女人味，也比以前更漂亮。她戴着手套和帽子，就像他最初爱上的那位衣着得体的老师一样。

他宣称，无论她说什么都不能改变他的心意。他多想伸出那只健全的手摸摸她的脸庞啊，相反却只是抓住自己坏死的手的手腕，把它举到她眼前。“瞧，”他说，“我就是这副模样。”

她没有说话，也没有眨眼。他告诉她，他已不再是个能成为好丈夫、好父亲的男人，如果她不这么认为，就是不负责任。

“我不负责任?”她哭了。

“为了成为高尚的女主角，是的。”

“你说什么?我不想成为任何人，我只想爱你，我要嫁给你，成为你的太太。”接着她开始了她的开场白，她一定在火车上排练过。“巴基，其实事情很简单。”她告诉他，“我是个简单的人。还记得吗?记得我在六月出发去营地前那晚和你说的话吗?‘我们会完美解决的。’是的，我们会的。什么也没有改变。我只是个普通女孩，我想要幸福。你让我幸福。你一直可以的。为什么现在不行了呢?”

“因为现在已经不再是你出发去营地前的那一晚了。因为我已经不再是你爱的那个人了。如果你不承认，就是自欺欺人。你只是不想昧着良心——我懂。”

“你什么也不懂!你在说什么胡话!是你自己想变高尚，你不跟我讲话，不见我。你让我别管你。哦，巴基，你怎么这么盲目!”

“马西娅，嫁给一个没有残疾、健康强壮的男人吧，他会成为好父亲的。你可以选择任何人，律师、医生——和你一样聪明，一样受过良好教育的人。那是你和你家人应得的，也是你应该拥有的。”

“你这么说简直太气人了！我这一辈子再没遇到比你现在所做之事更让我生气的事了！我从没见过像你这样从自我谴责中寻求安慰的人！”

“我没有谴责自己。你这么说完全曲解了我的意思。我只是碰巧知道发生了什么，而你却不知道。以后也不会知道。听我说：事情已经不像夏天前那样了。看着我。一切都大不相同了。是吧。”

“别再说了，求求你。我看到你的胳膊了，我不在乎。”

“那么再看看我的腿。”他边说边拉起睡衣。

“住手，求求你！你以为是你的身体变形了，真正扭曲的是你的思想！”

“又是一个离开我的好理由。如果一个跛子自愿退出她们的生活，大多数女人都会高兴的。”

“可我不是那个大多数！你也不仅仅是一个跛子！巴基，你总是这样——永远不会保持跟事情之间的适当距离！你总是认为自己负有责任，其实你没有责任。要么是糟糕的上帝负有责任，要么是糟糕的巴基·坎特负有责任，可事实上，你们两个都不用负责。你对上帝的看法——太幼稚，愚蠢极了。”

“听着，我不喜欢你的上帝，不要把他扯进来。我觉得他残忍至极，花大把时间去谋杀孩子。”

“又是一派胡言！不要以为得了小儿麻痹症就可以胡说八道。你不知道上帝是什么！没人知道，也不可能知道！你现在就像头蠢驴——其实你并不蠢。你听上去很无知——其实你并不无知。你疯了——其实你没疯。你从没疯过。你从来都再清醒不过。理智、健全、坚强、聪明。瞧瞧现在！拒绝我对你的爱，拒绝我的家人——我拒绝和你这样的疯子纠缠！”

至此，那顽强的抵抗终于瓦解，她以手掩面，抽泣起来。附近长凳上的其他病人正和探望者有说有笑，或者坐在轮椅上被人沿康复院前面的小道推着走，他们都注意到这个身材娇小、穿着漂亮的年轻女人，坐在轮椅上的病人旁边，一副悲痛欲绝的样子。

“你让我完全不知所措，”她哭着对他说，“要是你能去打仗就好了，也许——哦，我也不知道也许会怎样。也许你成为战士，就能克服一切——不管那是什么。你不相信，不管你有没有得过小儿麻痹症，我爱的就是你吗？你难道不明白，对我们俩来说，最糟糕的结果就是你强迫自己离开我吗？我无法忍受失去你——这你怎么就不明白呢？巴基，只要你顺其自然，生活就会轻松很多。怎么才能说服你我们俩必须在一起呢？看在上帝的分上，别把我丢下。照我们计划的那样——和我结婚！”

但不论她哭得多伤心，看起来哭得多真诚，他都不为所动。“和我结婚。”她说。而他只能回答：“我不会那样对你的。”那么她也只能回答：“你没有对我做什么——我自己做的决定自己负责！”但他依旧反对，他不会改变主意，只有阻止这个心爱的善良的年轻女人嫁给他、轻率地选择他这个跛子做终身伴侣，他才不会错失这最后的成为正直男人的机会。要保住一点尊严，唯一的办法就是拒绝他曾经想拥有的一切——如果一时心软、不这么做的话，他将遭受最终的失败。最重要的是，如果她没有因为他的拒绝而暗暗释然，依然被自己所谓的天真的爱情所支配——被循规蹈矩的父亲所支配——而无法看清真相的话，那么等她有了家庭，有了快乐的孩子和健全的丈夫，她就会有不同的看法。是的，会有那么一天，在不久的将来，她会为他曾经这么无情地赶走她而心怀感激——她会认识到，他的消失会让她的生活好多少。

他讲完和马西娅最后一次见面的故事后，我问他：“这一切得让你多痛苦啊？”

“上帝在我母亲分娩时杀死了她。上帝安排我父亲做了小偷。我二十岁刚出头，上帝给了我小儿麻痹症，我又把它传给了至少十几个孩子，也许更多——包括马西娅的妹妹，包括你，多半如此，还有唐纳德·卡普罗。一九四四年八月，他戴着铁肺死在了斯特拉兹堡医院。我有多痛苦？你说说看。”他的语气很尖刻，和之前他说马西娅的上帝最终会背叛她、在她背上扎一刀时一样。

我回答说：“我犯不着和小儿麻痹症患者过不去，无论长幼，他们都不能完全克服这伴随一生的疾病所带来的疼痛。他们自然会为永久的病痛而忧心忡忡。但迟早会有办法的。你提到了上帝。你还相信你蔑视的那个上帝吗？”

“相信。总得有人在那个位置上。”

“上帝是最大的罪人，”我说，“但如果上帝是罪人，你就不可能也是罪人。”

“好吧，这是个医学谜题。我是个医学谜题。”巴基的话让人摸不着头脑。他也许要说这是个神学谜题？这就是他这个普通人对诺斯替教义的阐释？有一个邪恶的造物主？这位神灵不利于我们的存在？不可否认，他从自己的经历中找到的证据不容忽视。只有魔鬼才能发明小儿麻痹症。只有魔鬼才能创造出贺拉斯。只有魔鬼才能引发第二次世界大战。所有这些加在一起，魔鬼胜出。这个魔鬼无所不能。在我看来，巴基对上帝的看法是，上帝是一个无所不能的存在，其本性和目的不是从可疑的《圣经》证据引证而来，而是自二十世纪中叶在地球上度过一生所收集到的无可辩驳的历史证据。他眼中的上帝并非是基督教里三位一体的联结，而是无所不能的两个人格的复合体——一个是病态的混蛋，另一个是邪恶的天才。

我是个无神论者，对我来说，提出这样一个上帝就如同相信有神灵护佑数十亿其他生灵一样可笑；至于巴基对上帝的反叛，我觉得很荒谬，因为根本没有这个必要。在威夸依克地区和印第安山营地的孩子中间流行的小儿麻痹症是一场悲剧，他无法接受。他必须把悲剧转化为内疚，必须为发生的一切找到一种必然性。传染病发生了，他得找到原因。他不得不问为什么。为什么？为什么？说它毫无意义，是偶发事件、不合情理，是场悲剧等等，都无法令他满意。说这是一种不断扩散的病毒，他也不会满意。相反，他拼命寻找更深层次的原因。这个“为什么”的殉道者和热衷者，他在上帝身上或自己身上找到了为什么，或者不可思议地，神秘莫测地，在他和上帝合成的那个可怕的唯一破坏者身上找到了答案。不得不说，无论我多么同情他这被多重痛苦折磨的一生，他的所思所想在我看来不过是一种愚蠢的傲慢，不是由意志或欲望，而是由对宗教充满幻想的幼稚的理解而引起的傲慢。这种傲慢我们以前见识过，现在已经见识够了，即使像巴基·坎特这样非常正派的人也不能幸免。

“那你呢，阿尼？”他问我，“你不痛苦吗？”

“我得病的时候还是孩子。十二岁，只有你一半大。我在医院住了将近一年，是病房里年龄最大的。”我说，“到处是哭着喊着要见家人的小孩子——这些孩子日夜不停地寻找自己熟悉的面孔，却徒劳无功。感觉被抛弃的不单单是他们。到处都蔓延着恐惧和绝望，以及残废的双腿带来的痛苦。有几年，晚上躺在床上，我会和我的胳膊、大腿轻轻说话：‘动一下！动一下！’我小学落下一年，所以回去时班级同学都不复当初了。中学时我经历过一些挫折。女孩们可怜我，男孩们避着我。我总是一个人坐在球场边上想问题。边线上的人生造就了痛苦的青春期。我想像其他人一样走路。看着那些健康的孩子放学后在外面打球，我真想大喊：‘我也有跑步的权利！’我常常受这种想法的困扰，即事情很容易就会是另外一番局面。有一段时间我根本不想上学——不想整天被人提醒我这个年龄的人长什么样，能做什么事。我想要的是这世上最微不足道的：像其他人一样。你了解情况，”我跟他说，“我再也不是过去的我了。我的余生都将这样度过。我再也尝不到快乐的滋味了。”

巴基点点头。他曾短暂地登上印第安山的高跳板，是世上最幸福的人，也曾在毒夏的酷暑中，在长途电话里听马西娅·斯坦伯格轻柔地哼着摇篮曲哄他入睡，他很容易就能明白我在说什么。

然后我告诉他大学二年级时我因为室友搬离了宿舍。“到罗格斯大学时，”我说，“他们给我和另一个犹太小儿麻痹症患者安排了一个新生宿舍。那时候诺亚就是这样给学生配对的。这个家伙的身体状况比我的糟得多。像个畸形。他叫波梅兰茨，拿了奖学金，人很聪明，中学时是毕业典礼学生致辞代表，是个被医学预科录取的天才，但我受不了他。他快把我逼疯了。说个不停。从来不能抑制他那无比强烈的想回到从前的波梅兰茨的渴望。也从来没有一天能够忘记自己遭受的不公正待遇。他说了一遍又一遍，令人毛骨悚然。‘一开始你只是了解下跛子怎么生活，’他会这么对我说，‘这是第一步。等你熬过了第一个阶段，你开始做一些无谓的努力来避免意志消沉。这是第二步。那之后，你努力不让自己变得一文不值，却只是一直在折磨自己。然后，如果你够幸运，在经历了五百个步骤之后，到了七十多岁，你发现自己终于可以说点实话：“是啊，毕竟我熬过来了——我没有让自己的命被蚕食殆尽。”那就是你死的时候了。’波梅兰茨在大学表现优异，轻而易举就进了医学院，后来他死了——读一年级时自杀的。”

“我得说，”巴基告诉我，“我一度也有过那样的想法。”

“我也是，”我说，“但后来我就不像波梅兰茨那样一团糟了。我走运了，走了大运：大学最后一年我遇到了我太太。渐渐地小儿麻痹症不再是我人生的唯一剧情，我不再抱怨命运。我学会明白，一九九四年在威夸依克我经历了一场持续了一个夏天的社会悲剧，但那不是我一辈子的个人悲剧。十八年来，我太太一直是个温柔乐观的伴侣。她的存在对我来说意义非凡。后来有孩子要抚养，你就开始遗忘过去的事了。”

“我相信那是真的。你看起来很满足。”

“你现在住在哪儿?”我问道。

“我搬到了北纽瓦克，在小溪公园附近。外祖母家的家具太破旧，我没有带走。我花一个周六上午出门买了新床、新沙发、新椅子、新灯具，什么都买了。我住的地方很舒服。”

“你有交朋友吗?”

“我不善于交际，阿尼。我会去看电影。周日去包铁区吃顿葡萄牙大餐。天气好的时候我喜欢到公园里坐坐。我还看电视，看看新闻。”

我想象他独自做这些事情的情形：就像害了相思病的浪荡子，在星期天尽力不去想马西娅·斯坦伯格，在平时竭力不去想象自己看到二十二岁的她走在闹市区的某条路上。领略过他年轻时风采的人都会猜测他应该有能力克服这一切，而不至于沦落至此。我又想如果我没成家，自己能做得比他好，或至少和他一样好?看看电影，上上班，周日外出晚餐——对我来说，这听起来太凄凉了。

“你看体育比赛吗?”

他猛地摇摇头，好像我问的是一个孩子是否玩火柴一样。

“我能理解。”我说，“孩子们还很小时，我不能和他们一起在院子里到处跑，后来他们长大了，学会骑自行车，我又不能和他们一起骑，我被捆住了手脚。你试着压抑自己的情感，这并不容易。”

“我甚至连报纸上的体育新闻都不看了。我不想看。”

“你朋友戴夫退役后你见过他吗?”

“他在恩格尔伍德一家学校找了份工作，带着老婆孩子搬到了工作的地方。没有，我没见过他。”接着他陷入了沉默。尽管他宣称自己清心寡欲，无法拥有的东西可以不要，但一下就能看出，他一点也不习惯失去这么多，二十七年后，他仍然对已经发生和尚未发生的一切感到困惑，尽量不去想太多——包括他本来应该已经是威夸依克中学体育课程组负责人这件事。

“我想帮孩子们，让他们变得健壮，”他终于开口了，“但我给他们造成了不可挽回的伤害。”正是这种想法导致他数十年来默默受苦，他是最不应该受伤害的人。我握住他那只健全的手——手的肌肉功能恢复良好，但不再坚实有力，就像软绵绵的一片水果，一点也不结实——说：“是小儿麻痹症给他们造成了伤害。你没有错。传染小儿麻痹症这事跟你一点关系都没有，就像它跟贺拉斯一点关系都没有一样。你和我们一样，只是受害者而已。”

“不是这样的，阿尼。我记得有一晚，比尔·布隆巴克给孩子们讲印第安人的故事，他告诉他们，印第安人认为它是一个魔鬼，用隐形的箭射他们，让很多人都染病——”

“别说了，”我反对道，“不要再说了，求你了。这只是个篝火故事，巴基，给孩子们讲的故事。也许故事里还有能驱魔的巫医。你不是印第安人眼中的魔鬼。也不是那支箭，该死的——不是你带来的残疾和死亡。就算你曾经是罪人——如果你坚持这么想的话——我再重复一遍：你也是完全无辜的那一个。”

接着，我激动起来——就好像只要我足够渴望去改变，就一定能改变他；就好像几小时的午餐长谈后，我可以让他不再只想着自己的缺陷并开始消除自己的羞愧感；就好像我完全有能力唤醒那个残存的坚不可摧的年轻操场管理员，他曾经单枪匹马赶跑了那十个吓唬我们要把小儿麻痹症传播到犹太人中间的意大利无赖。我说：“不要和自己过不去。不要把自己当替罪羊，让事情变得更糟。”

但一个已经毁了的好男孩难以挽救。他一个人生活得太久，想法很难改变——失去了梦寐以求的一切——我无法推翻他对自己人生可怕遭遇的阐释，也无法改变他与这一遭遇的关系。巴基不是个聪明人——他不一定非要成为孩子的体育老师不可——心里从来都是顾虑重重。他基本上是个没有幽默感的人，口齿伶俐，却无聊乏味，他一辈子从没说过挖苦人的俏皮话，也很少说笑——相反总是被沉重的责任感所困扰，但脑袋又不够灵光，所以得花好大劲才能把故事讲得很沉重，久而久之，故事的渲染力加强了，倒带来了坏处，他的不幸被放大了。在他看来，总理大道小学操场和印第安山发生的那场浩劫并非上天恶意荒诞的一次设计，而是他自己犯的大罪，夺走了他曾经拥有的一切，毁了他的生活。像巴基这样的人，心中有愧似乎很荒谬，但事实上，这是不可避免的。这样的人注定受到谴责。他做的所有事都不符合自己的理想。他永远不知道自己的职责范围。他从不相信自己能力有限，因为他身上背负着一种不允许自己屈服于他人苦难的坚定的天性，他绝不会心安理得地承认自己能力有限。对这样的人来说，最大的胜利就是不让心爱的人嫁给一个跛子，他的英雄主义意味着放弃她、否认自己内心最深处的渴望。

如果他没有逃避操场上的挑战，如果他没有在市里关闭操场赶走孩子的前几天抛弃总理大道小学的孩子，另外，如果他最要好的朋友没有战死沙场，也许他就不会这么急着把这场灾难的责任揽在自己身上，不会成为那些被时代撕成碎片的人中的一员。

也许，如果他坚持住，熬过小儿麻痹症对威夸依克犹太人的集体考验，而且，不管在自己身上会发生什么，在疫情期间勇敢地坚持到底……

也许无论身处何处，他都会用自己的方式看待这件事，就我所知——根据传染病学知识——也许事实正如他所说的那样。也许巴基没有错。也许他没有被自我怀疑所迷惑。也许他没有夸大自己的论断，也没有得出错误的结论。也许他就是那支看不见的箭。

可是，对我们所有男孩来说，二十三岁的他是我们所知道的最值得效仿、最值得尊敬的权威。他是个有信念的年轻人，平易近人，善良友好，大公无私，考虑周到，坚定不移，性情温和，活力充沛，又健壮有力——他既是伙伴又是领袖。一九四四年传染病在市里肆虐之前——在我们许多人的身体和生活将经历巨大的转变之前——六月底的一个下午，我们见到了最光芒四射的人，我们跟在他身后从操场沿着小斜坡冲到街对面一块宽阔的泥地上。那是中学足球队的训练场地，他会在那儿给我们表演扔标枪。他穿着尺寸偏小、光面的运动短裤，上身是无袖汗衫，脚上是防滑鞋，在前面带头，右手轻举标枪。

我们到泥地时，一个人影也没有。坎特先生让我们在总理大道那头的场边集合，然后让每个人仔细看看标枪，拿在手里举一举。金属杆很细，不到两磅重，约八点五英尺长。他给我们演示了各种绳把的握法，和他最喜欢的握法。接下来他给我们讲标枪的历史。在弓箭发明以前的早期社会，人们已经开始扔长矛狩猎，这样一直持续到公元前八世纪希腊举办第一届奥林匹克运动会。第一个扔标枪的人据说是赫拉克勒斯，他是个伟大的勇士，杀死了很多怪兽，坎特先生告诉我们，他是希腊众神之王宙斯的巨人儿子，也是世界上最强壮的人。讲完后，他说要做热身运动，我们看着他做了大约二十分钟的准备活动，几个场边的男孩尽力模仿他的动作。他说这很重要——同时做了一个纵劈叉，骨盆贴地——一定要提前拉伸腹股沟部位的肌肉，否则很容易拉伤。做一些动作时他把标枪当作拉伸棒，不断扭转身体各处，而标枪就像横架在他肩头的牛轭，稳稳不动。他跪下、下蹲、猛冲，又起身、屈膝、转动身体。他做了一个倒立，撑着双手走了一大圈，一些孩子也试着这样做；他的嘴巴离地只有几英寸，他告诉我们倒立是为了代替在横木上练习拉伸上半身。他最后做了前屈和后屈，脚后跟不离地，用臀部往上抬，背部弓得老高。他说要绕场地冲刺两周时，我们都跟了上来，很难跟上他，却都借此假装在做扔标枪前的热身运动。他又花了几分钟练习起跑，假想出一条跑道，只是把标枪举得又高又直又平，却并不扔出手。

开始前，他告诉我们要注意什么，比如助跑、临界那一迈步，还有扔的动作。他放下标枪，在我们一群人面前走了一遍，放慢动作给我们解释每个细节。“孩子们，这不是奇迹，但也不简单。但是，如果你们勤加练习，”他说，“如果努力学习，勤加训练——定期练习三点，一、平衡，二、灵动性，三、柔韧性——如果完全按照负重训练日程来，如果扔标枪真的对你们很重要的话，我向你们保证，一定会有成效的。所有体育运动都需要决心。三个要素，决心、执着和纪律，有了它们，你就离成功不远了。”

像往常一样，他会采取一切防范措施，告诉我们为了安全起见任何人在任何时候都不可以冲到场上；我们只能在站着的地方观看。他重复了两遍，非常严肃，这严肃正体现了他对所做之事全身心的投入。

然后他把标枪扔了出去。当他把它扔到空中时，你可以看到他身上每一块肌肉隆起。他发出一声沉闷的吼叫给自己鼓劲（后来我们都学他这么吼），这声吼叫表达了他的内在——这是毫无掩饰、追求卓越的呐喊。标枪飞离他的手的那一刻，他开始晃来晃去以保持平衡，不踩到犯规线，线是事先他用防滑鞋在地上划出来的。他全程注视着标枪，看它在场地上划出高高的一道弧线。以前我们从没亲眼见过这么漂亮、专业的运动员姿势。标枪远远飞过五十码外的中线，落到对方场地三十码的地方，着地的时候，杆子颤抖着，借助飞行时的冲力，尖尖的金属头斜扎进地里。

我们发出响亮的欢呼声，开始蹦来蹦去。标枪在空中的抛物线运动全赖坎特先生灵活的肌肉。他的身体——脚、腿、臀部、躯干、手臂、肩膀，甚至是粗壮脖子上那一大块厚厚的肌肉——协调一致，发力扔出了标枪。我们的操场管理员好像变成了原始人，在平原上猎食，用手的力量驯服荒野。我们从没有这么敬畏过别人。通过他，我们离开社区这个小小的场景，进入到原始男性的历史传奇中去。

那天下午，他一遍又一遍地扔着标枪，每一投都平顺有力，每一投都伴随着一声沉闷的吼叫，令我们兴奋的是，每一投都比上一投远几码。他高举标枪，一阵助跑后，扔枪的手臂向后拉伸，从后往前，标枪从肩膀上方高高地甩出去——靠这一瞬间的爆发力——在我们看来，他所向无敌。

图字：09－2018－727 号

图书在版编目(CIP)数据

报应 / (美) 菲利普·罗斯(Philip Roth)著；胡怡君译.—上海：上海译文出版社，2021.6
(菲利普·罗斯全集)
书名原文：Nemesis
ISBN 978－7－5327－8695－4

Ⅰ.①报… Ⅱ.①菲… ②胡… Ⅲ.①长篇小说—美国—现代 Ⅳ.①I712.45

中国版本图书馆 CIP 数据核字(2022)第 018689 号

报应
[美] 菲利普·罗斯 著 胡怡君 译
出版统筹/赵武平 责任编辑/王 源 装帧设计/COMPUS·汐和

上海译文出版社有限公司出版、发行
网址：www.yiwen.com.cn
201101 上海市闵行区号景路 159 弄 B 座
杭州宏雅印刷有限公司印刷

开本 890×1240 1/32 印张 6.75 插页 5 字数 98，000
2022 年 4 月第 1 版 2022 年 4 月第 1 次印刷
印数：0，001—5，000 册

ISBN 978－7－5327－8695－4/I·5366
定价：68.00 元